KB159599

사람을 품다 역사를 쓰다

우리 산 이야기

山의 향기

사람을 품다 역사를 쓰다
우리 산 이야기

山의 향기

1판 1쇄 발행일 2018년 10월 22일
1판 2쇄 인쇄일 2019년 2월 1일

지은이 정정현
펴낸이 안병훈
펴낸곳 도서출판 기파랑
디자인 조의환, 오숙이
등록 2004년 12월 27일 제300-2004-204호
주소 서울특별시 종로구 대학로8가길 56(동숭동 1-49) 동숭빌딩 301호
전화 02-763-8996(편집부) 02-3288-0077(영업마케팅부)
팩스 02-763-8936
이메일 info@guiparang.com

ISBN 978-89-6523-636-8 03810

이 책은 방일영문화재단의 지원을 받아 저술·출판되었습니다.

사람을 품다 역사를 쓰다

우리 산 이야기

山의 향기

글·사진 정정현

기파랑

차례

제2부 | 山, 역사의 향기

책을 내면서

사진기자로 지낸 세월이 35년을 넘었다. 가끔 후배들은 나에게 우리나라 아웃도어 사진기자 중 '현장에서 가장 오래 뛴 기자'로 기록될 거라는 얘기를 한다. 기록은 아직도 진행 중이다.

몇 해 전 「월간 산」 기자가 대기업 사보의 인터뷰에 응하고 있었다. "힘든 산에 왜 가십니까?"란 사뭇 의미 있는 질문을 받았지만, 그의 대답은 망설임 없이 "산에 가야 쌀이 나오걸랑요"였다. 사보기자는 예상하지 못한 대답에 순간 당황했겠지만, 산 취재를 다니는 기자에겐 그 말이 정답이다.

그렇게 밥벌이로 다닌 산은 나의 일터이면서 놀이터이기도 하고, 사람을 만나는 장소이기도 하다. 전국의 산을 누비며 다닌 산행에는 추억도 많다. 폐가(廢家) 수준의 민박에서 지네에 물리고, 멧돼지랑 마주쳐서 서로 놀라 도망치기도 했다. 이제는 출입이 금지된 설악산 곰릉 릿지에서 비박할 땐 하늘에 그리도 별이 많다는 것을 처음 알았다.

산행에는 늘 산을 닮은 산 친구들이 같이 했다. 출장 동료인 전 「월간 산」 편집장 안중국 씨와 한필석 씨, 카메라와 무거운 장비를 들어주고 배려하던 산 멤버 황원선, 배병달 씨와 후배 상명, 효용과는 동고동락하며 지냈다.

그들과 텐트에서 후드득거리는 빗소리, 사그락 내리는 눈소리를 들으며 수많은 밤을 지냈다. 가슴 벅찬 풍광들을 만난 순간은 세상을 다 얻은 듯 행복했다. 그러면서도 늘 마음속에 한 가지 헛헛한 점이 있었다. 그것은 산에 담긴 수많은 역사와 문화를 사진만으로 다 담아내지 못한 점이었다.

마침 산림조합이 발행하는 잡지 「산림」으로부터 산행 연재 의뢰를 받았다. 그렇게 사진만으로 다 얘기할 수 없는 산 얘기를 시작하게 되었다. 그 때 산에 담긴 수많은 이야기 가운데 딱 한 가지만이라도 제대로 알고 다니자며, 2년 동안 산을 오르내렸다.

다산(茶山) 선생의 소박한 인품을 떠올리며 운길산을 올랐고, 봉수대에 한줄기 연기를 피우기 위해 산정에서 얼어 죽은 봉수꾼을 생각하며 설흘산을 올랐다. 어떤 달은 애절한 삶을 살다간 기생 매창(梅窓)을 그리며 변산을 올랐다.

선조들의 체취를 맡으며 오르는 산은 행복했고, 산행을 하기 전에는 늘 가슴이 두근거렸다. 그 두근거리는 마음을 사진과 글로 담고자 노력했다. 이 책은 거창한 문화·역사나 산에 대한 형이상학적인 이야기가 아니다. 그저 가족끼리, 친구들끼리 도란도란 걸으며 나눌 수 있는 산에 얽힌 얘기 한 구절씩을 주제로 잡아서 풀어낸 책이다.

사료나 논문들을 바탕으로 사실에 근거하면서도 친근할 수 있는 내용으로 접근했다. 이 책을 접하는 사람들이 자연과 더 가까워지고 산을 좋아하게 된다면 지은이로서 더 없는 보람이 되겠다.

책을 엮는데 많은 분들의 도움이 있었다. 잡지에 연재하였던 내용을 책으로 엮자며 격려와 더불어 디자인까지 맡아준 조의환 씨와 오숙이 씨, 또한 평생 사진기자라는 길을 함께 가며 음으로 양으로 도와준 C영상미디어 식구들에게 깊은 고마움을 전한다. 어려운 출판시장 상황에도 기꺼이 출판을 허락해준 기파랑 출판사에도 감사의 말씀을 올린다.

산을 좋아하는 부모를 닮아 산에 가자하면 흔쾌히 따라나서던 아들

재문과 새 아기 진양에게도 고맙다는 말을 전하고 싶다. 특히 산객들마저 나서기 힘든 한여름 폭염에도, 눈 덮인 겨울산에도 기꺼이 동행해준 아내는 첫 번째 독자로서 언제나 내 글을 읽고 마지막 교정까지 꼼꼼히 챙겨준 고마운 동료이면서 친구였다.

2018년 가을

정정현(鄭禎賢)

제1부

山, 사람의 향기

조선 최고 시인 이병연과 최고 화가 정선은 마음을 나누는 친구였다.
그들이 평생을 함께 바라보고 올랐던 인왕산.

죽음 앞둔 친구 위해 그린 산 | 서울 **인왕산** | 仁王山·340m

이레 동안 비가 내렸다. 비가 그친 1751년 5월 25일, 일흔다섯의 겸재(謙齋) 정선(鄭敾, 1676~1759)은 화구(畵具)를 챙겨들고 인왕산이 바라보이는 북악산 쪽으로 올랐다. 마음엔 비통함이 가득했다. 평생을 동문수학하며 조선 최고의 화가와 시인으로 마음을 나누며 살아온 친구 이병연(李秉淵, 1671~1751)이 임종을 앞두고 있었다.

더 이상 시간을 함께 할 수 없다는 생각에 친구와 평생을 함께 바라보고 함께 올랐던 인왕산의 모습을 그리기 시작했다. 하늘로 솟구칠 듯 짙은 화강암 덩어리, 막 피어오르는 물안개, 물에 흠뻑 젖은 소나무들, 바위를 타고 쏟아져 내리는 폭포수, 하단에는 사경을 헤매는 시인 친구의 집을 단아하게 그려 넣었다. 이렇게 꿈틀거리는 생명의 기운을 넣어 탄생한 그림이 국보가 된 「인왕제색도(仁王霽色圖)」다.

겸재가 그림을 그릴 때처럼 비 온 뒤 인왕산에 올랐다. 높이는 340m로 나지막하지만 산 전체가 화강암으로 이루어져 산세가 옹골차다. 광화문 일대에서 눈을 들어보면 북악산보다는 늘 인왕산의 모습이 먼저 눈길을 잡는다. 조선은 도읍을 정할 때 풍수지리를 중요시해 북악을 주산으로 좌청룡 낙산, 우백호 인왕산, 남쪽에 남산이 있는 한양을 최고 명당으로 쳤다.

인왕산은 개국 초에는 서산(西山)으로 불리다가 세종 때부터 사찰이

사경을 헤매는 친구를 생각하며 비온 뒤 인왕산의 모습을 그리기 시작했다.
이병연의 집도 그려 넣었다. 꿈틀거리는 생명의 기운을 넣어 탄생한 인왕제색도.

나 불전을 수호하는 인왕(仁王)에서 유래된 명칭인 인왕산으로 부르기 시작했다. 여기엔 왕조를 수호하는 산이라는 의미가 담겼다.

서울 지하철 3호선 홍제역에서 내려 산행 기점인 개미마을로 가는 7번 마을버스를 탔다. 버스기사가 타고 내리는 손님들과 인사를 나누며 한마디씩 한다.

"지난번 준 매실로 술 담갔잖아."

"오늘은 뭘 사서 짐이 그리 많아요?"

"한동안 안 보이시데?"

주고받는 인사를 들으니 예전 시골 장터에서 만나던 버스 느낌이다. 가쁜 숨을 쉬며 언덕을 오른 버스에서 내리자 산비탈에 옹기종기 들어선 마을 슬레이트 지붕이 눈에 띈다. 벽화마을로도 유명한 개미마을은 서울의

지나는 이들을 천연덕스럽게 바라보는 돼지모녀.

1970년대를 연상시킨다.

마을 벽화는 그려진지 10여년이 되어 색은 바랬지만, 아직 정감 있는 모습은 그대로 남아 있다. 푸른 담벼락에 그려진 누렁이는 혀를 길게 뺀 채 눈이 감길 정도로 헤벌쭉하고, 노란 코스모스를 꺾어 든 돼지 모녀는 창문틀에 발을 걸친 채 싱글거리며 지나는 이들을 내다본다. 마을 자투리땅에는 고추, 호박, 옥수수가 자라고 구석구석에 채송화, 맨드라미, 제라늄, 국화가 걷는 이를 반긴다.

마을이 끝나는 언덕 끝이 마을버스 종점이고, 공중화장실도 있다. 이곳에서 산길이 시작된다. 기차바위까지는 700m, 황토 빛으로 다듬어진 널찍한 길을 따라 200여m 오르면 두어 명이 다닐 만한 오솔길이 나온다. 간밤에

인왕산 명물인 100여m 크기의 기차바위.

내린 비로 몸을 흡족하게 적신 숲은 짙은 녹색으로 살아나 푸른 생명의 기를 사방에 내뿜는다. 화강암 덩어리인 인왕산에 뿌리를 내리고 사는 소나무들은 뒤틀리고 휘어졌지만, 강인한 삶의 모습을 보여준다.

몇 걸음 오르고 뒤돌아볼 때마다 서울 풍광이 달라진다. 멀리 군함처럼 길쭉한 바위에 사람들이 오르고 있다. 인왕산 명물 기차바위다. 10여 분을 더 오르니 양 옆으로 로프를 설치한 100여m 길이의 기차바위가 나온다. 뒤를 돌아보면 불광동 쪽 수리봉에서 시작된 북한산 연봉이 비봉, 사모바위, 그리고 문수봉으로 이어지며 말갈기처럼 북으로 치달아 오른다. 산 아래 포근히 안긴 평창동 일대의 집들이 편안해 보인다.

기차바위에서 5분만 더 가면 한양 도성길(서울 성곽길)을 만난다. 회

색빛 철제 계단을 오르면 성곽 위에서 길이 좌우로 나뉜다. 초소가 있는 이곳에서 오른쪽으로 하단부터 힘차게 우뚝 솟은 암봉 북쪽 측면이 눈길을 사로잡는다.

빗물을 가득 머금은 거무튀튀한 바위가 하늘로 솟구치고, 수직 벽 바위틈에 단단히 뿌리박은 소나무들은 흠뻑 젖어있다. 겸재가 혼신의 힘을 다해 그렸던 그림 속 풍광을 마주한다. 지난해 산수화에 관심이 많은 후배와, 겸제가 「인왕제색도」를 그린 장소를 찾아 나선적이 있었다. 겸재 집터가 있던 경복고등학교부터 찾아갔다. 경비원도 「인왕제색도」를 알고 있었다.

전망이 트인 운동장 벤치 쪽에서 그렸을 거라 했지만 봉우리 구성상 효자동 쪽이 맞을 것 같았다. 청와대 앞 무궁화동산으로, 청운동 주민센터 옥상으로 옮겨 다녔으나 산기슭에 들어선 건물들로 윤곽만 잡고 돌아선 기억이 새롭다.

인왕산 등산로는 암봉의 좌측으로 돌아서 오르게 되어 있다. 정상은 거대한 암봉이지만, 계단과 석재를 놓아 노약자도 쉽게 오를 수 있다. 10여분 만에 오른 정상에는 3m 높이의 자연석이 있었다. 삿갓을 엎어 놓은 듯해 삿갓바위로 불린다.

바위에 올라갈 수 있도록 홈을 파놓아 누구나 한 번씩 오른다. 바위 꼭대기에 삼각점이 있고, 그곳에선 360도로 서울 풍광이 펼쳐진다. 사진 촬영을 금한다는 동쪽으로는 궁정동과 삼청동 일대가 보이고, 그 앞쪽으로 바둑판처럼 네모난 경복궁의 전각들이 웅자를 뽐낸다.

남산의 모습은 빌딩에 둘러싸여 마치 섬과 같다. 멀리 123층의 잠실 롯데월드타워가 바벨탑처럼 솟아 있다. 은빛 비늘처럼 반짝이는 한강 일대도 아파트와 빌딩의 숲이다. 신이 만든 터전에 인간이 빚어 올린 어마어마한 빌딩 제국, 무학대사(無學大師)가 꿈꾼 한양의 모습은 어떠했을까.

산성길을 따라 자하문 쪽으로 내려간다. 가벼운 산행 복장을 한 외국인 모습도 자주 눈에 띈다. 서울을 한눈에 보기 위해서는 남산이나 인왕산을 올라야 한다. 관광객들은 케이블카나 차량을 이용해 남산을 오르지만, 여유가 있다면 마을길도 걷고 성곽길도 접하는 인왕산에서 서울을 더 온전히

인왕산에서 바라보는 서울 풍광. 무학 대사가 꿈꾼 한양은 어떤 모습이었을까?

느낄 수 있다.

총포를 쏘기 위해 성곽 사이사이 뚫어놓은 총안(銃眼)을 통해 부는 바람이 선풍기를 틀어놓은 듯하다. 잠시 얼굴을 들이민다. 총안은 구멍마다 각도가 달라 먼 곳을 조준하기도 하고, 가까이 온 적을 향하기도 한다. 창의문으로 내려서니 멀리 북악산으로 넘어가는 하얀 산성 줄기가 한눈에 들어온다. 조선왕조의 도읍지인 한양을 감싼 내사산(內四山) 산성길이다.

북악산에서 낙산으로, 동대문과 남산을 거쳐 남대문, 서대문, 인왕산으로 이어지는 옛 산성길. 전체 길이 약 18.6km로 600년 넘게 제 모습을 유지하고 있어 2012년 11월 유네스코 세계유산 잠정목록에 이름을 올렸다.

세계적으로 수많은 도시가 성곽을 가지고 있지만 제 모습을 유지한 성곽은 드물다. 서울의 성곽은 산세를 이용해 쌓은 산성이다. 조선시대 모습이 많이 남아 있지만 2017년 세계유산 등록에는 실패했다.

정상에서 다시 305m 봉으로 10여 분 되돌아 내려간다. 표지판에는 창의문이 1.35km, 사직공원까지는 2.04km로 나온다. 길게 이어지는 계단길을 걸어 창의문으로 향하다 중간 갈림길에서 수성동 계곡길을 택했다. 북악스카이웨이 길을 한 번 건너니 수성동 계곡이란 표지가 보였다.

정선이 그린 작품 「수성동도(水聲洞圖)」의 현장을 보러 내려섰다. 그림에는 인왕산 기암절벽 사이로 난 계곡과 시내, 돌다리가 등장한다. 또 여기를 오르는 선비들 모습도 그려져 있다. 수성동 계곡은 2000년대 초반까지만 해도 1970년대 지어진 아파트와 난(亂)개발로 인해 시멘트범벅이나 다름없

하늘로 솟구칠 듯 짙은 화강암 덩어리, 물에 흠뻑 젖은 소나무들까지 겸재 그림에서는 살아 움직인다.

중앙에 통돌로 놓인 돌다리 기린교가 보인다.

겸재 정선의 그림 한 장으로 되살아난 인왕산 수성동 계곡

었다.

2009년 자연 녹지지역으로 복원을 꾀한 수성동 아파트 옆 계곡에서 통돌로 만들어진 돌다리가 하나 발견됐다. 바로 겸재 정선의 그림에 그려진 기린교와 똑같았다. 계곡은 기린교의 발견으로 대대적인 복원공사가 벌어졌다. 3년에 걸친 공사 끝에 6m 길이의 자연석인 기린교도 제자리로 옮겨졌고, 계곡이 그림 속 옛 모습을 되찾으며 살아났다.

이 땅에 진경산수(眞景山水)란 그림의 길을 개척한 정선의 「수성동도」가 있었기에 가능한 일이었다. 정자도 새로 짓고 물길도 다시 잡았다. 250년도 더 지난 그림 한 장이 살려낸 계곡에서 아이들이 텀벙거리며 논다. 겸재가 있어서 인왕산은 더 소중하고, 산행객들의 마음 또한 더 풍성해진다.

개미마을·수성동 계곡 코스 | 2.7km, 1시간40분

개미마을–기차바위–305m 봉 성곽길–인왕산 정상–305m 봉 성곽길–수성동 계곡

개미마을은 서울의 1970년대를 볼 수 있는 산동네다. 한양을 감싼 산성길을 걸을 수 있다. 겸재 그림을 바탕으로 되살려 낸 수성동 계곡도 볼 수 있다.

인왕산 종주 코스 | 3.9km, 2시간20분

독립문역–선바위–인왕산 정상-성곽길 초소–창의문(북악산 출입 시는 주민등록증을 지참해야 한다.)

해골 모양 선바위는 요즘도 무속인들이 많이 찾는 곳이다. 남산 쪽으로 뻗은 시가지 조망이 좋다. 창의문 쪽으로 내려서면 윤동주 문학관도 볼 수 있다.

사직공원·독립문 코스 | 3.4km, 2시간

사직공원–황학정–성곽길–범바위–인왕상 정상–선바위–독립문역

시내 교통이 좋은 독립문역을 중심으로 움직인다. 하산하며 보는 서울시가지 모습이 인상적이다.

새벽녘 수종사 대웅전 앞마당. 나지막한 담장 앞에 서서
숨죽여 바라보는 두물머리 풍광.

다산(茶山)의 숨결 따라 오르는 | 남양주 **운길산** | 雲吉山·606m

산 위를 바라보니 달리고 싶어
솔바람이 이누나 겨드랑이에
들녘 나무 다정해 곱기도 한데
산중길 드높아라 바위투성이

- 정약용, 운길산에 올라(上雲吉山) 부분

운길산은 높지도 낮지도 않다. 서울의 동쪽인 남양주시 조안면에 위치하며 서울에서 자동차로 30분 거리에 위치한다. "구름이 가다가 산에 멈춘다" 하여 운길산이라 불린다. 실제로 한강에서 피어오르는 물안개가 산 주위에 자주 덮인다. 부드러운 육산으로, 능선이 연결되는 적갑산, 예봉산과 한 덩어리를 이룬다.

조선 전기 최고의 문장가인 서거정(徐居正, 1420~1488)이 운길산에 올라 동방의 절 중 제일가는 전망이라 했던 수종사(水鍾寺)가 7부 능선에 있다. 더불어 운길산 기슭 마재 마을에서 살았던 다산(茶山) 정약용(丁若鏞, 1762~1836)이 쓴 운길산의 시들도 많이 남아 있어 그의 삶의 흔적을 따라가는 산행도 일품이다.

다산은 18세기 실학사상을 집대성한 조선 최고의 실학자이자 개혁가

운길산 정상 아래의 노송, 가지마다 반짝이는 상고대가 피어올랐다.

였지만 섬세하고 소박한 사람이었다. 「초상연파조수지가기(苕上煙波釣叟之家記)」에서 밝힌 그의 꿈은 자그마한 어선에 어구를 챙겨 낚시하며 온 세상을 주유하는 것이었다.

> … 나는 적은 돈으로 배 하나를 사서 배 안에 어망 너덧 개와 낚싯대 한두 개를 갖추어 놓고, 또 솥과 잔과 소반 같은 여러 가지 섭생에 필요한 도구를 준비하며 방 한 칸을 만들어 온돌을 놓고 싶다. … 바람을 맞으며 물 위에서 잠을 자고 마치 물결에 떠다니는 오리들처럼 둥

실둥실 떠다니다가, 때때로 짤막짤막한 시가를 지어 스스로 기구한 정회를 읊고자 한다. 이것이 나의 소원이다. …

정약용은 18년의 강진 유배 기간에도 아들 둘에게 100여 통의 편지를 보내 양계하는 아들에게는 양계 방법을, 술 잘하는 아들에게는 술 마시는 법을 가르치는 등 늘 마음은 고향의 가족과 함께했다. 북한강을 끼고 달리는 45번 국도에서 남양주시 조안면의 조안 보건지소로 들어섰다. 수종사 오르는 시멘트길 초입에서 산길로 걸을 수 있는 왼쪽 정자를 보며 오른다. 3~4명이 어깨를 맞대고도 남을 넓이의 흙길은 마치 빗질을 해놓은 듯 깔끔하다. 간밤에 내린 눈은 어느 틈에 녹아 나뭇가지들에 희끗희끗한 자국만 남았다.

경사가 급한 시멘트 길을 30여 분 걷고 있다. 호흡은 가빠지는데 급경사를 오르려는 차량의 매연까지 맡아야 하니 차를 몰고 가는 사람들이 얄밉다. 앞에서 걷는 산객들도 호흡은 급해지면서도 말이 끊이지 않는다. 사람은 늘 말을 하기 위해 만나고, 말을 뱉지 않으면 살 수 없는 존재인 것 같다.

나는 오늘 혼자 걷는다. 말없이 걷다 보니 더 잘 보이고, 잘 느끼며, 잘 들린다. 늘어진 소나무 가지는 '얼쑤!' 장단에 춤을 추는 듯도 하고, 고목의 옹이 자국은 웃는 얼굴로 화답한다. 「수종사 0.97km, 운길산 1.77km」 표지판이 나온다. 왼편 나뭇가지 사이로 두물머리 한강이 보인다.

곧이어 일주문에 다다랐다. 한 줄로 세워진 기둥은 일심(一心)을 의미한다. 세속의 번뇌에서 벗어나 마음을 하나로 모아 진리의 세계로 나아가라는 뜻이다. 명상의 길이라고 알려주는 자그마한 팻말이 오른편 나무에 걸려

모든 것을 내려놓고 수종사로 오르는 길,
부드럽고 온화한 석불이 반겨준다.

있다. 부도(浮屠) 앞에 선 아주머니 두 분이 고운 합장을 하고 지나간다. 이어질 듯 끊어질 듯 들리던 목탁 소리는 마지막 굽이를 돌아서니 또렷해진다.

경내로 들어서는 마지막 문, 불이문(不二門). 진리는 둘이 아니다. 부처와 중생이 다르지 않고, 생과 사, 만남과 이별의 근원은 모두가 하나로 연결되어 있다는 의미다. 성기게 쌓은 돌계단을 올라 수종사에 섰다. 협소한 공간에 응진전, 삼정헌, 대웅보전 등 여러 채의 당우(堂宇)가 꽉 들어차 있다.

발 아래 멀리 다산이 살았다던 마재 마을이 보인다. 다산이 14살 때 지었다는 시 「수종사에 노닐며(遊水鐘寺)」에는 세상 곳곳을 두루 다닌다 해도 수종사만은 잊지 않고 다시 찾겠다는 자신과의 약속이 담겨 있다.

> 담쟁이 험한 비탈길 끼고 우거져
> 절로 드는 길 분명치 않은데
> 응달엔 묵은 눈 쌓여 있고
> 물가엔 아침 안개 흩어지네
> (…)
> 유람길 두루 밟지만
> 돌아올 기약 어찌 다시 그르치랴.

대웅보전 앞마당에서 두물머리(二水頭)를 바라본다. 이름도 예쁜 두물머리는 양수리이다. 두 큰 물, 북한강과 남한강이 만나는 곳이다. 한없이 시원한 조망, 장엄하고도 섬세하다.

대웅전 옆에는 탑 두 기와 아담한 부도가 보인다. 팔각오층석탑(보물 제1808호)과 부도는 1493년에 세워졌다. 부도는 태종의 다섯째 딸인 정의옹주 것으로, 옹주가 남편을 잃고 불교에 귀의했을 것으로 추측된다.

삼정헌에서 마시는 작설차의 맛은 은은하기로 소문이 나 있다. 전남 화개에서 올라오는 차다. 다실은 통유리 3칸으로 두물머리 풍광이 시원하다.

다기를 데우고 찻잎을 우려낸다. 시(詩)와 선(禪)과 차(茶)가 하나 되는 삼정헌(三鼎軒).

젊은 날 다산 형제(정약전, 정약종, 정약용)가 걸었던 다산능선에 눈꽃이 활짝 피었다.

바닥에 놓인 통나무 탁자들에는 다관과 찻잔들이 정갈하게 놓여 있다. 혼자 들어서니 보살이 뜨거운 물이 담긴 보온병을 가져다준다.

나지막이 깔리는 명상 음악의 대금 소리가 청아하다. 「상령산」, 「산중의 맛」, 「묻노니 자네는 누구인가?」 몇 곡의 연주를 들으며 다기를 데우고, 찻잎을 우려낸다. 한 모금 머금으니 머리가 맑아진다. 청아한 음악, 맑은 차,

장엄한 풍경에 취하는 순간이다.

응진전 앞의 돌 두꺼비에서 나오는 시원한 약수 한 모금을 더 마시고 정상으로 향한다. 가파른 계단을 10여 분 오르는 길에는 손잡이용 하얀 밧줄이 매여져 있다. 힘에 부치면 한 번씩 쉴 수 있는 벤치도 있다.

정상에 서니 진눈깨비는 그쳤는데 안개가 동서남북의 모든 풍광을 삼켜버렸다. 나무 데크가 깔려 있고, 새로 만든 새집이 매달려 있다. 아직 새들이 들지는 않았다. 좌측 예봉산 쪽 능선에서 5시간 이상 걸어온 사람들의 배낭은 두툼하다. 정상을 치고 올라오는 사람들이 내뿜는 허연 입김도 안개 속에 묻힌다.

적갑산~철문봉~예봉산으로 길게 이어질 주능선을 머릿속으로 그려본다. 젊은 날 다산 형제(정약전, 정약종, 정약용)가 올라 학문을 밝혔다는 철문봉(喆文峰), 그들이 걸었던 새재~예봉산 등산로는 다산 능선으로 부른다.

정약용이 나이 일흔에 들어선 어느 가을날, 홍현주(洪顯周, 1793~1865)가 찾아왔다. 홍현주는 정약용보다 서른 살쯤 아래였다. 홍현주와 다산의 아들 정학연(丁學淵, 1783~1859) 일행이 수종사에 오르는데 다산은 늙어서 따라가지 못함을 한탄했다. 집에 남은 다산은 밤에 누워서 무료함을 달래며 시를 지었다. 우울한 기분을 토로한 것이다.

수종산은 옛날 내 정원이었지
마음 내키면 훌쩍 절 문에 닿았네.
인제 보니 문득 빼어난 죽순
파란 하늘 가까이 아득하여 잡기 어렵네.

다산 선생이 18년 유배를 끝낸 후 고향으로 돌아와 지은 여유당.
손님을 맞이하거나 책을 읽고 글을 짓던 서재다.

검버섯 피고 등 굽어도 어린애 마음이지.
단번에 비로봉 정상을 오를 것만 같네.
힘들다며 자식들이 극구 말리니
효도가 효도 아니라네.
-수종사에 오르고는 싶건마는

운길산 산행은 3시간 정도면 충분하다. 서둘지 않고 느리게 느리게 걷는 산행을 추천한다. 다산의 시구를 음미하며 산길을 걷고, 맑은 차 한 잔에 마음까지 따스하게 덮고, 두물머리 풍광에 취해서 천천히 걷는 하루 산행, 힐링 산행의 최적지가 아닐까.

1코스 | 4km, 2시간

운길산역–운길산 안내판–시멘트길–수종사–정상

승용차는 수종사 앞까지 올라갈 수 있다. 여행객은 수종사 다실에서 차 한 잔하고 두물머리 풍광만 보고와도 좋은 곳이다.

2코스 | 3.5km, 1시간 40분

운길산역–계곡길–헬기장–정상

승용차가 오르는 시멘트 길을 피해서 산행하는 코스. 중간 조망이 없는 것이 아쉽지만 숲길을 걷는 즐거움은 또 다른 맛이다.

3코스 | 3.3km, 1시간 30분

송촌리–한음 이덕형별서(별장)–수종사–515봉–정상

산길로 수종사를 오르는 사람들에게 좋다. 출발점이 운길산 역에서 2km 정도 거리여서 승용차를 가져온 사람들이 많이 이용한다.

종주코스 | 12km, 7시간

운길산역–등산로 입구–수종사–헬기장–운길산 정상–고개사거리–철문봉–예봉산 정상–전망대–쉼터–팔당역

운길산과 예봉산 두 개의 산을 이어서 하는 종주산행 코스. 하루 산행을 빠근하게 하려는 중급자 이상이 이용한다. 시작 지점과 하산 지점 모두 지하철 이용이 가능하다.

백두대간의 새벽이 열리는 시간.
대간은 능경봉으로, 고루포기산으로 너울 치듯 흘러간다.

대관령 산신 김유신 장군을 모신곳 | 평창 **선자령** | 仙子嶺·1157m

도시의 삶은 이리저리 얽혀서 사느라 팍팍할 때가 많다. 그런 날은 겨울 산에 가보자. 야성을 깨워줄 순백의 세상이 기다린다.

대관령 북쪽 백두대간 능선에 솟은 선자령을 찾았다. 영서지방의 대륙 편서풍과 동해안 습기를 머금은 바닷바람이 부딪쳐 남한에서 눈이 가장 많이 내리고, 바람이 세찬 곳이다. 능선은 부드러운 구릉지로 이루어져 드넓은 설원에 1m가 넘는 눈이 예사로 쌓인다. 선자령 정상은 옛 대관령휴게소(840m)와 표고 차가 불과 300m 남짓이다.

휴게소에서 왕복 10km쯤 되니 4시간 정도면 산행이 가능하다. 산행 코스는 순하지만 겨울에는 눈보라와 세찬 칼바람이 수시로 몰아치니 철저한 대비가 필요하다. 이른 아침 도착한 옛 대관령 휴게소 드넓은 터에는 달랑 자동차 3대만이 서 있었다. 2002년 대관령 터널이 뚫리기 전에는 굽이굽이 대관령을 오르내리던 차량들로 늘 붐비던 곳이었다. 멀미로 힘들어 하는 사람이 많아 버스도 한 번씩 쉬어가야 했다.

이제는 산행이나 관광을 온 사람들만이 이용하는 곳으로 변했다. 휴게소 앞 왕복 2차선 옛 영동고속도로를 건너 북쪽으로 난 포장도로를 따라 걸었다. 국사성황당까지 1.2km, 선자령까지 5km다. 길옆으로는 5m 높이의 전나무 길이 계속된다. 이 전나무들은 귀하디귀한 나무들이다.

국사성황당은 나라 안에서 기도 잘 먹혀들기로 소문난 기도터다.

1970년대 초, 화전민들이 감자를 키우다 떠난 대관령 일대는 황폐하기 이를 데 없었다. 겨울이면 수은주는 영하 30도까지 내려갔고, 거센 바람은 사람도 휘청거리게 만들었다. 1976년 조림을 시작했지만 혹독한 환경에서 나무 한 그루 제대로 뿌리를 내리지 못했다.

바람부터 막아야 했다. 어린나무들에게 철근 콘크리트로 방풍벽까지 둘러쳐 주며 40여 년을 자식처럼 정성으로 키운 나무들이다. 그 나무들이 늘어선 길을 10여 분 걸으니 「국사성황사 0.4km」란 표지판이 나온다.

포장도로 끝 참나무 숲속에 성황사와 산신각이 숨은 듯 자리잡고 있다. 국사성황당 터는 우리나라에서 몇 손가락 안에 드는 기도터로, 1년 내내 무속인들 기도가 끊이지 않는다. 오늘도 성황사에는 머리를 곱게 틀어 올린

둥~둥~ 성황사의 차분한 북소리가 숲속에 깔린다.
꽹과리 소리까지 높아지면 보는 이들의 마음도 두근댄다.

부녀자 둘이 좌정한 채 기도 중이다. 둥~둥~ 차분한 북소리가 숲속에 깔린다. 기도 소리가 빨라질 때는 톤 높은 꽹과리 소리가 함께 울리니 구경하는 내 가슴도 긴장감이 높아진다.

세 칸 건물 성황사 뒤로 한 칸짜리 목조건물이 나온다. 삼국 통일의 주역 김유신(金庾信, 595~673) 장군을 산신으로 모신 산신각이다. 제당 안에는 정면 단 위에 대관령산신지위(大關嶺山神之位)라고 쓴 위패가 있고, 벽에는 붉은 옷을 입고 연꽃을 든 노인이 왼쪽에 호랑이를 거느린 그림이 있다. 투구를 쓰고 칼과 창을 앞세운 장군의 모습을 상상했는데 편안한 산신의 모습이다.

김유신이 대관령 산신이 된 것은 강릉과의 인연 때문인 듯하다. 통일신라 시대 강릉은 북쪽에서 말갈족의 침입이 잦아 백성들 고통이 심했다. 문무왕의 명을 받은 김유신이 664년 출정해 화부산 밑에 주둔하면서 말갈족을 퇴치했다. 강릉은 풍요롭고 살기 좋은 고장으로 변했다. 김유신이 죽은 2년 뒤인 675년, 강릉의 관민들이 화부산 밑에 사당을 세웠다. 강릉을 구한 영웅으로 추앙받던 김유신은 시간이 흐르며 신화가 됐고, 산신의 경지에까지 올라섰다.

김유신은 멸망한 가야국 왕족의 후손이었다. 신라에서는 '짝퉁' 진골이었지만, 지략과 무술이 출중해 15세이던 609년 화랑이 되어 수백 명의 낭도를 이끌었다. 『삼국사기』 열전을 보면 그의 진면목을 볼 수 있다.

백제와 지속적인 전투에서 승리하고 경주로 돌아온 다음 날 또 다시 백제가 쳐들어왔다. 그 소식을 들은 김유신이 곧바로 전쟁터로 가려 하자 주변에서는 하룻밤이라도 집에 들러 쉬고 가라 권유했다. 하지만 김유신은 군사들도 집에 가지 못하는데 어찌 장군인 자기만 집에 가서 잘 수 있겠느냐며 거절하고 전쟁터로 갔다.

김유신이 동네를 지나간다는 소식에 모두 문밖에 나와서 기다렸다. 그러나 김유신은 집 앞을 지나면서도 가족에게 눈길 한 번 주지 않고 행군했다. 오십 보쯤 지나 말을 탄 채 자신의 집 우물에서 물 한 잔을 떠오라고 했다. 물맛이 변함이 없으니 집안에도 별고가 없을 것이라며 전쟁터로 떠났다 한다. 이 모습을 본 군사들은 자신들과 함께하려는 장군을 진심으로 존경하였고, 그 전투에서 대승을 거두었다.

신라 사회에서 김유신의 존재는 국왕에 버금가는 위치였다. 나당(羅唐)전쟁 기간 중이던 672년, 석문 들판 전투에서 당나라 군대와 말갈군의 연합군에 의해 신라군이 대패했다. 이때 중간급 대장인 비장으로 전투에 참여한 김유신의 아들 원술이 살아서 돌아왔다. 그러자 김유신은 아들이 임전무퇴(臨戰無退)라는 화랑정신을 버렸을 뿐 아니라 가정의 가르침까지 위반했으니 목을 베야 한다고 임금에게 청했다.

문무왕은 원술에게만 중형을 줄 수 없다 하여 용서했지만, 김유신은 끝내 아들을 용서치 않고 연을 끊었다. 그는 자신의 지위를 자랑하거나 가족을 위해 지위를 이용하지도 않았다. 오히려 다른 사람들에게 관대하고 가족에게는 엄정했다. 이런 행적들과 흔들림 없는 의지로 존경을 받아 영웅이 되고 신이 되는 경지에까지 오른 것이 아닐까.

성황사 오른편으로 군데군데 목책을 세워놓은 흙길이 보인다. 200여m 오르니 콘크리트 도로가 나온다. 성황사 쪽에서 풍겨오는 은은한 향내가 이곳까지 풍긴다. 콘크리트길을 400m쯤 가면 철문이 굳게 닫힌 항공무선 표지소를 만난다. 산행은 좌측 수십 개의 표지 리본들이 달려 있는 숲길에서 비로소 시작된다. 1m 남짓한 오솔길은 키 작은 참나무 숲 사이로 이어진다. 오솔길을 1km 걸으니 갈림길이다. 왼쪽은 직진하는 길이고, 오른쪽은 조망 포인트를 거쳐 가는 길이다. 오른쪽 길로 들어서 조망대를 오른다. 나무 데크가 깔린 조망대에서 청년들이 화음을 맞춰 노래를 부르고 있다. 전주에 있는 교회에서 청년 12명이 산행을 왔단다.

백두대간을 넘나드는 혹독한 북서풍이 키워낸 선자령 나무들.

노랫소리를 들으며 조망대에 서니 눈앞으로 강릉 시내와 동해의 쪽빛 바다가 시원하게 펼쳐진다. 남쪽으로는 용평 스키장과 발왕산, 능경봉, 고루포기산으로 능선들이 이어지며 산 그림자를 만들어간다.

대관령 쪽 가까이에는 원반 모양의 특이한 시설물이 보인다. 그곳은 대관령 일대를 지나는 항공기에 전파로 길을 알려주는 곳이다. 일본 북부로 가는 비행기들도 이곳에서 보내는 신호에 따라 하늘길을 운항한다.

북쪽으로 이어지는 참나무 숲길을 지나니 허리 높이의 관목 숲길이 나온다. 길은 좁지만 숲 사이로 뚜렷하게 보인다. 겨울철 선자령은 늘 설

멀리 소황병산을 거쳐 북녘으로 올라가는 백두대간길.
진부령에서 끊어지는 남쪽길이 향로봉 넘어 백두산까지 이어질 날은 언제일까?

국의 풍광이 자랑거리였다. 하지만 올해(2017년) 들어선 눈이 귀하다. 흙길 속에 숨은 빙판들과 얼굴을 한 번씩 후려치는 찬바람만이 한겨울임을 알려준다.

숲을 빠져나오면 완만한 오르막길에서 바로 앞에 느릿느릿 도는 흰색 풍력발전기들이 보인다. 대관령 일대 초원지대도 눈앞에 펼쳐진다. 확 트인 하늘목장 초원을 지나 선자령 정상으로 오른다. 초원지대 옆 나무들은 가지들이 동쪽으로만 뻗어 있다. 북서쪽에서 부는 바람이 키워낸 나무들이다.

드디어 정상이다. 정상에 서 있는 7~8m의 화강암에는 「백두대간 선자령」이란 글귀가 선명하다. 하단에는 '백두산~선자령~지리산 1,400km'라고 새겨져 있다. 수많은 산꾼들이 백두대간 종주를 하지만 늘 선자령을 거

쳐 진부령에서 멈추는 반쪽짜리다. 그들의 꿈은 백두산까지 이어서 걷는 것이다. 꿈이 이루어질 그날을 기대해본다.

1코스 원점 회귀 | 10km, 4시간

대관령 하행선 휴게소－통신탑－동해전망대－선자령－목장길 사거리－재궁골 삼거리－국사성황당－하행선 휴게소

선자령 길은 초원지대가 많아 운동화 정도만 신어도 다녀올 수 있는 편안한 길이다. 젊은 연인들이 걸어도 좋다. 단 겨울철에는 눈이 깊고 날씨가 급변하니 철저한 준비가 필요하다.

2코스 선자령 풍차길 | 12km, 4시간 30분

대관령 상행선 휴게소－양떼목장 입구－재궁골 삼거리－목장길 사거리－선자령－동해 전망대－통신탑－하행선 휴게소

금강산으로 향하던 마의태자는 하늘재를 넘었다.
그 고개를 굽어보는 미륵사지 미륵입상.

마의태자의 애잔한 이야기 | 충주 **월악산** | 月岳山·1095m

천년의 왕국 신라. 그 왕국이 무너지던 날, 서기 935년 음력 10월 태자는 경순왕에게 마지막까지 결사항전을 읍소한다.

"나라의 존망은 반드시 천명이 있는 법입니다. 당연히 충신 의사와 함께 민심을 수습하고 힘을 다한 후에야 그만둘 뿐입니다. 어떻게 천 년의 역사를 가진 나라를 가벼이 다른 사람에게 줄 수 있겠습니까?"

그래도 경순왕이 왕건에게 항복을 청하자 왕자는 통곡하면서 임금에게 하직 인사를 하고 그 길로 개골산(皆骨山, 금강산)으로 들어가 버렸다. 바위 아래 집을 지은 그는 삼베옷을 입고 풀을 뜯어 먹으며 일생을 마쳤다.

『삼국사기』 제12권 경순왕 편에 나오는 마의태자(麻衣太子) 이야기다. 이야기는 역사서에 딱 한 번 나오는 것으로 그쳤다. 하지만 이후의 이야기들은 민초들에 의해 설화로 이어지며 천년이 넘도록 수많은 사람들의 가슴에 애잔하게 전해 내려온다.

마의태자가 금강산으로 들어가기 위해 넘었다던 하늘재는 월악산 국립공원 남쪽 고개다. 수안보를 지나 월악산으로 향하는 길목에 미륵대원지가 있다. 마의태자가 누이동생 덕주 공주와 월악산에 머물며 세웠다는 10.6m의 미륵입상은 하늘재 오르는 길을 굽어보고 있다.

하늘재는 해발 525m에 불과하지만 우리나라 최초로 뚫린 고갯길이다. 신라 제8대 아달라(阿達羅) 왕이 재위 3년(156년)에 북진을 위해 길을 열었다. 소백산맥 이북으로 진출하던 길이었던 것이다. 선대 임금들이 북진을 위해 넘나들던 길을 패망한 나라의 왕자 신분으로 넘어갔던 마의태자 뒷모습이 하늘재에 아련히 남아 있다.

미륵선원지에서 송계계곡을 끼고 4km쯤 자동차로 달리면 월악산 덕주사 입구가 나온다. 계곡을 따라 조성된 주차장에 차를 세우고 산행에 나섰다. 초입에 있는 송계상회 지붕 뒤로 월악산 능선이 보인다. 능선에 화강암 덩어리들이 파란 하늘 아래 반짝반짝 빛난다.

1984년 국립공원으로 지정된 월악산은 충북 제천시와 충주시, 단양군과 경북 문경시의 4개 시·군에 걸쳐 있다. 주봉은 깎아지른 바위 군락인 영봉(靈峰·1,097m)으로, 신령스러운 봉우리라는 뜻이다. 덕주사 길로 300여m 오르니 탁족(濯足) 쉼터란 표지판이 나온다. 옛 선비들이 몸을 노출하는 것을 상스럽게 여겨 발만 물에 담그던 풍습에서 나왔다. 하산길에 잠시 들르기 좋다.

포장도로를 따라 500여m 걸으니 덕주산성이다. 세월의 때가 덕지덕지 앉아 거무스름한 성곽 하단부 돌들이 새로 조성한 상단부 하얀 돌들과 어우러져 세월을 이야기하는 듯하다. 성곽은 크기가 제각각인 돌들로 빈틈

마의태자의 동생 덕주공주가 은신했다는 덕주산성.

없이 쌓았고, 월악산 남쪽 기슭에 있는 상덕주사를 중심으로 하여 그 외곽을 여러 겹으로 둘러쌓은 석축산성이다. 산성 안 오른쪽 계곡에는 탁족을 즐기는 몇몇 탐방객의 모습이 보이고, 덕주사 오르는 길에는 연등이 이어진다. 지난 초파일에 1만 원씩 시주하고 달았다는 연등이 경내에도 가득하다. 덕주사 안내판 뒤로 마애불 오르는 길이 시작된다. 마애불까지 1.5km 거리다. 나무다리를 건너니 길은 호젓해지고 완만한 경사의 등산로가 시작된다. 땀이 송골송골 맺힐 정도의 가벼운 언덕길로 그리 힘들지는 않다.

마애불이 보인다. 덕주 공주가 세웠다는 마애불이 햇살을 받아 환하다. 13m 높이 수직 암벽에 새겨진 마애불 얼굴은 윤곽이 뚜렷하고 도드라지는 데 비해, 신체는 얕게 새겨졌다. 두툼한 코와 입술, 턱 선까지 내려온 귀가

신령스런 산 영봉(靈峰)을 옅은 운해가 감싸며 범접하기 두려운 기운을 뿜어낸다.

큼지막하다. 마애불 옆에 훌쩍 솟아오른 소나무 한 그루는 마애불과 꽤 오랜 시간 함께 해온 듯싶다.

왼편에 있는 극락보전 건물은 마애불을 내려다보고, 오른쪽 고추밭은 주인 손길이 많이 간 듯 정갈하다. 마애불이 시선을 던지는 남쪽으로 주흘산 줄기가 훤하다. 그 아래 미륵리에는 마의태자가 세웠다는 미륵석상이 서 있다. 누이동생 덕주 공주는 덕주사를 창건하고, 미륵석상을 향하는 곳에 마애불을 조성했다는 전설이 전해진다.

마애불을 지나서부터 본격적인 오름길이다. 급경사를 10여 분 걸으면 긴 철제 계단이다. 계단 길을 잡념을 씻어내는 무념무상의 긴 호흡으로 오른다. 달과 연(緣)이 가장 깊은 산이라는 월악산. 고도를 높일수록 풍경도 속도를 내며 조금 전 떠난 극락보전이 저 아래 숲속에 조막만 하게 보인다. 땀 흘린 대가를 보상받은 듯 흐뭇하다.

머리 위로 보이는 주능선의 960m 봉에서 갈라져 나간 지능선은 화강암 봉우리들로 이어진다. 바위 일부는 치맛자락 흐르듯 내려서며 마애불 쪽을 향한다. 지도상 등고선이 치밀해진다. 영봉의 첫 모습을 대면할 수 있는 960m 봉을 향해 사람 하나 지나갈 좁은 바윗길을 비집고 오른다.

드디어 멀리 월악 영봉이 자태를 나타낸다. 주변을 거느리듯 당당하고 넉넉한 바위 품 아래로 충주호가 보이고, 왼편으로 산 너머 산들이 출렁인다. 잠시 앉아 초여름의 바람을 맞는다. 스스스 나뭇잎 스치는 바람소리가 떠나는 봄처럼 살랑인다. 계절 따라 바람 소리도 달라진다. 한여름 녹음이 짙을 때는 쏴쏴 하며 바람이 몰려다닌다.

콧노래 흥얼거리며 걷는 20여 분의 수평 이동, 영봉이 눈앞이다. 거대

망국의 한을 품은 덕주공주가 조성했다는 덕주사 마애불.

월악산 동쪽 줄기인 제비봉에서 바라보는 충주호.

하게 우뚝 솟은 바위 봉우리를 보니 가슴이 철렁한다. 영봉이라는 이름 그대로 150m 수직 벽은 신령스럽게 여겨지기도 하고, 오르기에 두렵기도 하다. 그 까마득한 꼭대기에 올라앉은 사람들이 콩알만 하게 보인다.

등산로는 산허리를 따라 휘휘 돈다. 워낙 드센 수직 절벽이라 정면에서 곧장 오를 수는 없기 때문이다. 암벽에 바짝 붙인 철제 계단을 올라야 하는데, 공중에 뜬 철 구조물 위에 서면 오금이 저린다.

힘들게 오른 정상, 마침내 호사의 시간이 시작된다. 눈으로 담은 절경이 머리에 각인되고, 가슴에 또 한 번 새겨진다. 북쪽으로 월악산 줄기는 충주호로 흘러 들어가고, 동쪽으로는 황장산에서 소백산으로 이어지는 백두대간 줄기가 보인다. 남쪽으로 문경 주흘산이 두 개의 뿔처럼 곧추 솟았고, 서쪽으로도 마루금을 좁힌 산들이 너울을 펼친다. 허연 달 항아리 같은 영봉 표지석에는 1,097m라는 글씨가 선명하다.

영봉이 바라보이는 월악산 기슭에서 몇 해를 머물렀다는 마의태자, 그는 왜 경주에서 동해안을 따라 금강산으로 바로 들어가는 길을 따라가지 않았을까. 태자의 흔적은 경주를 떠나 영천, 상주, 충주, 원주, 홍천, 인제로 이어지는 길들에 전설처럼 남아 있다. 월악산 미륵리에 미륵불을 세우고, 양평 용문사를 거쳐 홍천을 지나며 왕이 지났다는 지왕동, 왕이 머물렀다는 왕 터 등의 지명을 남겼다.

강원도 인제에서는 옥새를 숨겼다는 옥새 바위, 마의태자가 수레를 타고 넘나들었다는 수구네미, 김부리 마을 사람들은 마을 중앙 대왕각에서 일 년에 두 번 마의태자를 위한 제사도 지낸다.

마애불 코스 | 2.1km, 1시간

덕주사 입구–덕주사–마애불

월악산 등산이 힘든 사람들이 산책으로 다녀올 수 있는 거리다. 덕주산성 흔적도 보며 덕주사 마애불까지 다녀오면 된다.

덕주사·동창교 코스 | 9.7km. 5시간

덕주사–마애불–960봉–송계삼거리–영봉–송계삼거리–동창교

월악산 등반 시 가장 많이 이용한다. 월악산은 바위도 많고 경사가 급한 곳도 많다. 중급자 이상 체력이 필요하다. 동창교 하산 시에는 덕주사 입구에서 시간표를 확인하고 움직여야 한다.

덕주사·보덕암 코스 | 11.6km. 6시간 30분

덕주사–마애불–송계삼거리–영봉–중봉–하봉–보덕암

월악산 종주코스로 체력에 자신 있는 사람들만 택해야한다. 보덕암에서 국도까지도 3km 거리.

"하늘이 참성단을 쌓지는 않았을 테고, 도대체 누가 이곳에 만들었는지 모르겠구나!"
-1358년 목은 이색

한반도 우두머리 산 | 강화 **마니산** | 摩尼山·472m

"마니산 참성단이오? 첨성단 아니에요?"

마니산에 간다는 나의 말에 후배가 바로 반문한다. 순간 나도 '참성단? 첨성단? 참성대?' 뭐가 옳은 건지 헷갈린다. 우리 민족의 뿌리인 단군이 하늘에 제(祭)를 올렸다는 곳(『세종실록지리지(世宗實錄地理志)』 1454년)인데, 그 이름도 정확히 모른다면 너무 무심한 게 아닌가 하는 생각이 든다.

내친김에 이번 산행에서는 마니산 참성단(塹星壇, 사적 제136호) 하나만은 꼼꼼히 보고 오기로 했다. 마니산은 '겨레의 머리가 되는 성스러운 산'이라는 뜻으로, 머리의 옛말인 '마리'로 불렸다. 그러다 조선 중기 이후 불교 용어로 여의주라는 뜻의 '마니'로 쓰기 시작하면서 지금의 이름으로 굳어졌다고 한다.

가볍게 눈발이 흩날리던 날 마니산 국민관광지에 도착했다. 식당가에 빵빵 틀어놓은 스피커 소리에 쫓겨 서둘러 작은 언덕을 넘으니 「참성단까지 단군로 2.9km, 계단로 2.2km」라고 적혀있다. 오른쪽 콘크리트 다리를 건너 널찍한 돌길인 단군로로 들어선다. 왼편 계곡 물소리는 이내 멀어지고 완만한 오름길이다.

고려 말 대학자 목은(牧隱) 이색(李穡)이 마니산을 찾은 것은 1358년

고려사에 나오는 마니산의 옛 이름은 마리산이다. 사람의 '머리'와 같은 뜻으로 으뜸을 뜻한다.

(공민왕 7년) 가을이었다. 왕명으로 참성단 제사를 주관하는 임무였다. 이때 남긴 「마니산 기행」이라는 시가 『목은시고(牧隱詩藁)』에 실려 있다. 몇 구절 옮겨 그 시절 정취를 엿보자.

하늘이 참성단을 쌓지는 않았을 테고,
도대체 누가 이곳에 만들었는지 모르겠구나.
향이 피어오르니 별은 내려앉고,
음악이 연주되니 분위기 엄숙해지네.
신의 섭리에 공손히 순응해야 하는 법을 알면
어찌 감히 자신의 복을 구할 수 있으리오?

하얀 눈으로 덮인 바위 두 개를 보니 마치 땅에서 솟구친 하얀 알처럼 보인다. 하늘에서 내려온 환웅의 아들 단군을 찾아가는 오늘, 상상력이 날개를 단다. 알에서 태어났다는 고구려 주몽, 신라의 박혁거세, 가락국의 김수로까지 나라의 시조들은 하늘에서 오거나 알에서 태어났다. 우리의 건국신화들은 하늘이나 알에서 태어난 시조를 갖고 있다.

겨울철 숲의 주인은 나목(裸木)이다. 한 그루 한 그루 모두 자신의 존재를 확실히 알린다. 진한 회백색에 매끈한 수피(樹皮)를 가진 단풍나무, 골이 울퉁불퉁 파인 검회색의 참나무, 몇 겹의 수피가 층을 이루는 갈색의 잣나무, 가냘프지만 야무지게 겨울을 버티겠다는 철쭉까지 나무들은 만물이 얼어붙는 겨울에 자신의 존재를 확연히 드러낸다.

30여 분 걸어 올라선 능선. 거기 세워진 화남(華南) 선생 시비에 적힌 한시(漢詩) 한 구절.

마니산 상상봉에 앉아 있으니 강화섬이 한 조각 배를 띄운 것 같으네, 단군 성조께서 돌로 쌓은 자취는 천지를 버티고 있으니 수만 년 동안 물과 더불어 머물러 있네.

을씨년스러웠던 구한말(舊韓末), 정확히는 을사늑약 이듬해인 1906년. 강화 선비 화남 고재형(高在亨, 1846~1916)은 세상사 시름 내려놓고자 섬 순례를 시작했다. 환갑의 화남은 섬을 돌며 보고 들은 감상을 256수의 한시로 남겼다.

온 천지가 갈색 낙엽으로 덮인 길에서 설핏 눈에 들어온 보라색 가지

진달래가 피었습니다, 눈 내린 마니산에….

하나가 있다. 뭐지? 어 진달래다! 철모르고 꽃망울을 터트리려고 했던 진달래 한 그루. 봉오리채로 얼어붙었다. 주변 진달래들은 꼼짝도 않았는데 홀로 피어 매서운 맛을 보았다.

"다음부터 철은 맞춰서 살거래이."

눈을 털어주고 계속 오른다. 10여 분 더 오르니 주(主)능선의 314봉이다. 왼편에 바로 나타난 너럭바위는 10여 명은 족히 앉을 만하다. 일망무제(一望無際), 가슴이 후련하다. 성냥갑 같은 지붕들과 지그재그로 뻗은 마을길들이 보인다. 멀리 바닷가 갯벌은 햇빛을 반사하며 반짝거린다.

10여 분 더 걸으니 372계단 앞이다. 한 걸음 뗄 때마다 가쁜 숨을 서해 바람에 날려 보내며 계단을 오른다. 왼발, 오른발, 다리 근육들의 움직임

하루를 마무리하는 장엄한 순간, 하늘빛은 시시각각 변한다. 해는 구름 속에 몸을 숨기고 이내 바다로 잠긴다.

을 온몸으로 느끼며 계단이 끝나는 곳에 서니 정갈한 참성단이 모습을 드러낸다.

마니산 정상에서 노을에 물든 강화 바다를 본 적이 있다. 검은 갯벌에 붉은 기운이 뒤섞이고, 갯벌로 흐르던 물줄기들은 찬란한 황금빛으로 물

들었다. 한 순간을 놓칠세라 사진 찍기 바쁜 터에 초로(初老)의 산객(山客)이 배낭에서 트럼펫을 꺼냈다. 하루를 마무리하며 붉게 물드는 세상으로 보내는 트럼펫 소리, 곡조는 기억나지 않지만 장엄한 낙조와 어우러져 애잔한 심정으로 숨죽여 들었다.

능선길은 바위들 사이로 아기자기하게 이어진다. 5분여 걸으니 참성단이다. 마니산 정상은 100여m 옆에 있는 봉우리다. 그 곳에는 「마니산 472m」란 나무 표지판이 서있다. 마니산이 특별한 건 참성단이 있기 때문이다. 늘 우리 역사의 첫 페이지는 이 나라의 시조인 단군이 하늘에 제를 올렸다는 이야기다.

"하늘의 신인 환인의 아들 환웅이 이 땅에 내려왔고, 사람이 되기 원하는 곰과 호랑이에게 마늘과 쑥을 먹여 여자로 변한 곰과 결혼하여 낳았다"는 인간이 단군 왕검(王儉)이다. 그리고 그가 세운 나라가 고조선이다. 신화가 역사보다 더 많은 의미를 담고 있다는 말이 가슴에 와 닿는다.

1451년 편찬된 『고려사(高麗史)』 지리지에 고려 원종(元宗) 11년(1270년)에 참성단을 수리했다는 기록이 나온다. 이미 고려 때부터 매년 봄과 가을에 하늘의 별들에게 제사를 지냈던 것이다.

제단으로 오르는 계단 앞에는 원형의 야트막한 돌담으로 둘러싸인 10여 평의 공간이 있다. 돌담을 따라 시선을 옮기면 동으로 힘차게 뻗어나가는 마니산 줄기가 보이고, 남으로는 동막리 일대와 서해가 펼쳐진다. 마당에서 제단으로 오르려면 22계단, 바닥에서 불과 5m 높이다. 하지만 그곳은 감히 범접하기 힘든 깊이가 느껴진다.

하늘은 둥글고 땅은 네모나다는 우리 선조들의 천지관(天地觀)대로 아래쪽 단은 둥글게, 제사를 올리는 위쪽 단은 네모지게 쌓았다. 청동화로 앞에서 조용히 참배하는 사람이 있고, 그 옆의 젊은 남녀 한 쌍은 예쁜 몸짓을 지으며 기념사진을 찍는다.

참성단 돌단에서 자라는 멋들어진 나무 한그루, 150살 된 소사나무다. 나이에 걸맞게 형체도 단정하고 균형이 잡혀있다. 이곳에선 사람도 나무도 모두 조심스럽게 움직이고 자란다. 참성단을 찾는 사람들이 단군 할아버지 신화를 어디까지 믿는가는 중요치 않다. 제단 앞에서 옷깃을 한 번 더 여밀 수 있고, 우리가 한 뿌리에서 나온 민족이라는 것을 느끼게 해준다는 사실이야말로 오늘도 참성단이 마니산을 꿋꿋이 지키는 이유다.

계단로 코스 | 2.4km, 1시간 30분

상방리 매표소－1004계단－정상

참성단까지 1,000여 개의 계단으로 이어진다. 하산로로 이용하는 게 좋다.

단군로 코스 | 3.1km, 2시간

상방리 매표소－단군로－372계단－정상

완만한 오름길이어서 노약자도 오를 수 있다. 마지막 372계단길은 약간 힘이 든다.

함허동천로 코스 | 2.8km, 1시간 40분

함허동천 매표소－칠선녀 계단－바위능선

아기자기한 암릉길로 바다를 내려다보는 조망이 좋다. 안전장치가 잘 되어 있어서 크게 어렵지 않다.

정유재란이 일어나자 의병장 곽재우는 화왕산성에서
고작 2천여 명으로 7만5천 왜군과 맞섰다.

홍의장군 곽재우가 지켜낸 산성 | 창녕 **화왕산** | 火旺山·758m

1592년 4월 14일 새벽 5시. 일본군 선봉장 고니시 유키나가(小西行長)가 이끄는 병선(兵船) 700여 척에 타고 온 1만 8,000여 명의 일본군이 부산포로 상륙하기 시작했다. 임진왜란의 시작이었다. 이들은 20여만 명으로 구성된 조선 침략의 선봉부대였다. 상륙부대는 거칠 게 없었고, 전쟁이 시작되자마자 누가 봐도 기가 찰 일이 벌어졌다.

200여 년간 전쟁 없이 지낸 관군은 저항도 못 한 채 속속 무너졌다. 백성들은 왜군 소리만 들어도 혼비백산이었다. 동래성을 무너뜨린 적들이 서울을 향해 진격하는데, 경상도의 행정뿐만 아니라 방어를 책임지고 있는 감사 김수(金睟)가 적을 막을 생각은 않고 달아난 것이다.

왜군은 불과 7일 만에 양산, 밀양, 청도, 대구를 거쳐 상주까지 북상했다. 충주 탄금대에서는 조선의 명장 신립(申砬) 장군이 배수의 진을 치고 싸우다 전사했다. 전쟁을 지휘할 구심점이 없어졌으니 죽음을 무릅쓰고 싸우려는 병사도 남아 있을 리 없었다.

가만히 앉아서 적에게 경상도를 내어주는 꼴이 되고 말았다. 경상도의 방어망이 뚫린다는 것은 한양으로 가는 길을 열어주는 셈이었고, 곡창지

층층이 쌓인 화강암 바위들이 불꽃처럼 일어서 있다.

대인 전라도까지 빼앗긴다는 의미였다. 패전 소식이 가득한 속에서 경남 의령에서 첫 의병이 일어났다. 남명(南冥) 조식(曺植) 선생의 제자 망우당(忘憂堂) 곽재우(郭再祐)였다.

그는 현풍에 있는 조상의 묘를 찾아 예를 다한 뒤 3대 선조들 분묘를 깎아 평분으로 만들었다. 자신이 패하거나 전사했을 때 왜군들이 선조들 묘를 능멸할까 두려워서였다. 자신의 모든 것을 걸겠다는 맹세였다. 붉은 천으로 옷을 지어 입고 모든 재산을 털어 의병을 모집하며 '천강(天降) 홍의장군(紅衣將軍)'이란 깃발을 내걸었다. 남원의 의병장 조경남(趙慶男)이 쓴 『난중잡록(亂中雜錄)』에 이렇게 나온다.

> 곽재우는 자신의 가재를 모두 풀어 흩어진 군졸들을 모으고, 자신의 옷을 벗어서 전사에게 입히고, 그의 처자의 옷을 벗겨 전사들 처자에게 입혔으며, 또 충의로써 군사들을 격려하였다. 모인 병사 가운데 심대승, 장문장, 박필 등 10여 명은 다 용감하고 활 잘 쏘는 사람들로 감격하여 눈물을 흘리며 곽재우와 함께 죽기를 원하였다.

먼저 모인 10여 명이 낙동강과 남강이 합류하는 기강나루(경남 의령군 지정면 성산리) 일대에 진을 치고 깃발을 올리니 수일 내에 의병이 수십 명으로 불어났다. 그들은 숙달된 지형을 이용하여 강 중심부에 말뚝을 박아 적군의 보급선 진로를 막았다. 오도 가도 못 하는 보급선에 불화살을 쏘고, 육지로 올라오는 적들을 급습했다.

그렇게 수십 명 인원으로도 연전연승하자 병사들 수가 날로 늘어갔

5만6천여 평의 분지는 여름이면 초원지대로, 가을은 억새로 뒤덮인다.

다. 몇 달 뒤에는 2,000여 명의 의병부대로 불어났다. 행군 중에는 북을 치며 대열을 맞추어 위엄을 갖추었다. 전투 중에도 북소리로 병사들을 독려하고 적들의 기선을 제압했다.

홍의장군 곽재우를 위시해 의병들이 지켜낸 화왕산성이 있는 화왕산을 오른다. 차량이 오를 수 있는 마지막 지점인 화왕산장 앞에 주차한 뒤 산행에 나섰다. 산장 주변은 20여m가 넘는 소나무들로 가득하다. 반쯤 누워서 산림욕을 할 수 있는 의자도 있고, 단체가 이용할 수 있는 통나무 운동기구들도 보인다.

산림욕 의자에 누우니 파란 하늘을 향해 힘차게 뻗어나간 나무들 모습이 싱그럽다. 소나무 숲에서 10여 분 걸어가자 제1등산로와 제2등산로가 나뉘는 갈림길이 나왔다. 조금 험하긴 해도 조망이 좋은 제 1등산로를 택했다. 길은 호젓하고 발밑에는 고비나물, 쇠무릎이 가득했다. 또 이팝나무, 물푸레나무, 가막살나무 같은 활엽수가 울창한 숲길이었다.

가파른 오름길을 200여m 오르니 팔각정 쉼터가 있는 전망대다. V자 능선 아래로 창녕 읍내가 보인다. 나지막한 지붕들은 파란색, 주황색으로 눈에 뜨인다. 읍내 뒤쪽의 고층 아파트들은 마을을 감싸 안고 있다. 창녕군은 신라시대에는 화왕군이었다가 고려 태조 때 창녕군으로 바뀌었다. 마을 이름은 바뀌었지만 마을을 수호해주는 진산의 이름은 그대로 남아 화왕산이라 불린다.

능선 바윗길은 험해도 안전시설이 설치되어 위험하지는 않다. 봄, 여름 두 계절 기운을 다 받아들인 소나무들은 연녹색에서 연초록, 진초록으로 색들이 너울 치듯 달라진다. 조망바위에 올랐다. 멀리 화왕산 정상의 초원지대가 보이고, 좌측 서쪽 능선과 우측 남쪽 능선은 모두 불쑥불쑥한 암릉으로 이루어졌다.

올라온 바윗길이 하얀 공룡 등뼈처럼 여겨진다. 오름길에 제멋대로 자리 잡은 바위들을 하나하나 타고 넘는다. 폭염주의보 속에 땀은 줄줄 흐르고, 평소보다 시간이 두 배나 더 걸린다. 새벽부터 산행하려던 계획이 빗나간 대가를 톡톡히 치른다. 이날 저녁 뉴스에선 해남의 과수원에서 일하던 태국인 근로자가 열사병으로 사망했다는 소식이 들렸다.

메주 덩어리들을 얹어 놓은 듯한 메주바위를 지난다. 바위의 갈라진

애틋한 사랑이란 꽃말을 가진 마타리.

틈을 비집고 자라는 소나무는 키가 2m 가량이지만 수 십 년은 자랐을 것이다. 척박한 곳에서 꿋꿋이 자라는 나무들을 보면 생명의 위대함에 슬며시 경외심까지 일어난다. 표지판에 「화왕산 0.7km」로 되어 있다.

100여m를 더 오르니 20여 명이 둘러앉을 수 있는 너른 공간이 나온다. '경남소방 1-5' 표지 근처에 의자 대용으로 놓인 통나무 몇 그루가 있다. 배바위로 오르는 200여m 예쁜 소로에는 노란 마타리가 숨바꼭질 하듯 여

기저기 숨어 있다.

이 꽃을 볼 때마다 매혹적이었다는 여간첩 마타하리가 떠오른다. 제1차 세계대전 당시 프랑스와 독일을 오가며 스파이로 활동하다 형장에서 사라졌다는 드라마틱한 여인이다. 하지만 마타리는 순수한 우리말이다. 꽃의 줄기가 가늘고 길어 말의 다리를 닮았다고 해서 '마(馬)다리'로 부르다 마타리가 됐다. 배바위 앞에 서니 19만㎡ 초원을 둘러싼 화왕산성이 한눈에 드러난다. 천지개벽 때 배를 묶어 놓은 자국이 있다는 전설로 배바위란 이름을 얻었단다.

화왕산은 봄이면 진달래, 가을엔 억새로 뒤덮이며 전국의 산꾼들을 불러들인다. 나도 대여섯 번은 오른 것 같다. 어느 여름 화왕산 초원길을 걷자며 친구와 둘이 올랐다. 초원은 걸을 상황이 아니었다. 그늘 한 점 없는 초원은 헉헉 거리며 뜨거운 지열까지 내뿜고 있었다. 사진이나 몇 장 찍고 서둘러 내려가려는데 방금 전 옆에 섰던 친구가 갑자기 사라졌다.

몇 번을 두리번거리다 안내판이 만든 손바닥 만한 그늘에 숨어 있듯이 쪼그린 그를 발견했다. 워낙 한낮 그림자가 작아 몸을 쪼그려야 했던 모양이다. 그 모습을 대하자 나도 무더위를 꾹 참고 공들여 셔터를 눌렀다.

산성은 오른쪽 동문 일대와 왼쪽 서문 일대가 제일 높고 튼실하다. 두 곳만 틀어막아도 적들이 접근할 곳이 거의 없는 천혜의 요새다. 1597년(선조 30년) 일본이 다시 쳐들어 왔다. 정유재란이다. 일본 장수 가토 기요마사(加藤清正)는 낙동강의 왼쪽 지방으로 치고 올라왔는데, 그 수가 7만 5,000이었다.

의병장이었던 곽재우는 이제 경상좌도 방어사란 직책을 맡고 있었다.

나무 한그루 없는 초원지대에선 풀 한줄기가 산새의 쉼터다.

관군과 백성 2,000여 명을 거느리고 화왕산성에 들어가 40여 배에 달하는 적과의 결사항쟁을 선언했다. 조선 총사령관인 체찰사(體察使) 이원익(李元翼)이 성을 포기하기를 권했으나 곽재우는 그 뜻을 따르지 않고 이렇게 대답했다.

"옛날 제나라에 70개의 성이 다 무너졌으나 오직 묵독성만은 남아 있었고, 당나라의 백만 대군이 고구려에 쳐들어 왔을 때 여러 고을이 적세에

어떤 이는 죽으려 올라간 산의 바위틈에서 억세게 살아가는 소나무를 보고 삶을 다시 생각했단다.

눌렸으나, 오직 안시성만은 끝내 적을 막아냈습니다. 다른 성이 다 함락되어도 화왕산성만은 최후까지 반드시 보전하겠습니다."

이 대목은 이순신 장군이 "신에게는 아직 12척의 배가 남아 있나이다"라던 비장함과 겹쳐진다. 가토는 하루 밤낮을 공격했지만 천혜의 조건을 갖춘 성곽에다, 조금도 동요하지 않는 곽재우와 그 군사들의 기백에 눌려 화왕산성을 포기하고 함양 쪽으로 진군해나갔다.

2.7km 화왕산성을 한 바퀴 돈다. 산성은 타원형으로 돌며 정상으로 올라간다. 화왕산 정상에 서니 북쪽으로 우람한 비슬산이 보이고, 동쪽으로 화악산·가지산·재약산이 눈에 들어온다.

아름다운 산하를 지키고자 전 재산과 목숨까지 내놨던 의병장 곽재우, 전쟁의 논공행상이 벌어졌을 때도 공을 내세우지 않았다. 임금이 내린 벼슬을 마음대로 버렸다는 괘씸죄로 2년간 전라도 영암에서 귀양살이까지 했다. 말년에는 끝내 벼슬을 사양하고 고향으로 돌아가 1617년 66세로 생을 마감했다.

하산을 위해 내려선 서문 쪽에서는 성곽 보수공사가 한창이었다. 중장비가 동원되어 성곽을 쌓고 있으나 마지막 마무리를 위해 돌을 다듬는 석수의 모습은 임진왜란 때 모습과 변함이 없으리라. 망치 소리를 뒤로하고 환장고개 길로 내려섰다.

자하곡 1등산로 코스 | 전망대길 / 3.5km, 2시간

자하곡 매표소–산림욕장–팔각 전망대–배바위–서문–화왕산 정상

능선길로 조망이 좋다. 화강암 바위지대를 많이 오르내려 중급자 정도의 체력을 요한다.

자하곡 2등산로 코스 | 환장고개길 / 2.5km, 1시간 30분

자하곡 매표소–산림욕장–환장고개–서문–화왕산 정상

화왕산을 오르는 가장 빠른 코스. 계곡길로 이어지며 초보자가 이용하기 좋다.

옥천 코스 | 용선대길 / 5.9km, 2시간 50분

옥천 매표소–관룡사–용선대–관룡산(754m)–허준세트장–동문–화왕산

봄철 진달래 산행하기 좋다. 관룡산 주변에서 화왕산으로 연결하는 길에도 진달래가 많다. 거리는 길지만 등산로 걷기는 수월하다.

퇴계가 마음속 이상향으로 생각한 청량산에 가을이 가득 내려앉았다.

퇴계가 사랑한 산 | 봉화 **청량산** | 清凉山·870m

봉화 청량산. 맑을 청(淸) 서늘할 량(凉), 이름처럼 맑고 서늘한 산이다. 청량산은 산세뿐 아니라 산에 깃들어 있는 정신도 청량하다. 조선의 선비들이 남긴 유산기만 100여 편이 넘는다. 청량산 기슭에서 태어난 퇴계(退溪) 이황(李滉, 1501~1570)은 어려서부터 자주 올라 청량산이 평생 추구하던 마음속 이상향이었다.

그로 인해 스스로 호를 '청량산인(淸凉山人)'이라 하고, 청량산은 우리 집 산이라는 뜻에서 오가산(吾家山)이라 부르기도 했다. 오가산은 소유 차원이 아니라 자신을 비롯하여 삼촌과 형제, 조카 등 집안사람들이 유학의 이상을 꿈꾸며 이를 실현하기 위하여 힘써 노력하고 공부하는 곳이라는 의미였다.

청량산 도로를 따라 오르다 입석 주차장에 차를 세웠다. 20여 대를 댈 만한 주차장에는 입석(立石)이란 이름을 가진 집채 만한 바위가 서 있다. 주차장 앞 작은 도로를 건너 나무 계단 길로 오르기 시작했다. 잎을 다 떨어트린 나뭇가지들은 갈색으로 물든 산중에서 유난히 검게 빛난다. 산길은 호젓하다. 금방이라도 토끼 한 마리 튀어나와 귀를 쫑긋거릴 것 같은 그런 오솔길이다.

15분쯤 오르면 곧게 가는 길과 오른쪽으로 오르는 갈림길이 나타난

50여m 금탑봉 아래 소박하게 들어선 응진전.

다. 곧게 난 길은 산책로처럼 평탄하고, 청량정사까지 1km 남짓하다. 이 길은 퇴계의 발자취가 가장 많이 남은 길이다. 청량정사는 퇴계가 공부하던 자리에 1832년 후학들이 세운 5칸짜리 건물이다. 퇴계는 청량산을 노래한 시 수십 편을 남겼다.

그는 시 「독서여유산(讀書如遊山)」에서 "사람들 말하길 글 읽기가 산 유람과 같다지만 / 이제 보니 산을 유람함이 글 읽기와 같구나. / (…) / 앉아서 피어오르는 구름 보면 묘미를 알게 되고 / 발길이 근원에 이르러 비로소 처음을 깨닫네. / 높이 절정을 찾아간 그대들에게 기대하며 / 늙어 중도에 그

퇴계가 어린 시절 글을 배우던 오산당 자리에 들어선 청량정사.
그는 스스로를 '청량산인'이라 부르며 청량산을 자주 찾았다.

친 나를 깊이 부끄러워하네"라며 글 읽기와 산행이 같음을 이야기하고 있다.

갈림길에서 오른쪽 가파른 계단 길을 택해 오른다. 다소 발품을 팔아야 하지만, 볼거리가 많은 코스를 잡았다. 응진전, 김생굴을 거쳐 자소봉으로 오른다. 초반의 나무 계단부터 급경사가 이어지나 고도를 50여m만 높이고 나면 길은 곧 순해진다. 발 아래 청량산 품을 파고든 청량산로인 아스팔트길이 보인다.

10여 분 걸으면 50여m 기암 아래 자리 잡은 응진전이 시야에 들어온다. 기골이 장대한 금탑봉 암벽 아래 원효대사(元曉大師)가 창건했다는 응진전이 매달리듯 서 있다. 암자 뒤편으로는 홍조를 띤 담쟁이덩굴이 암벽을 따라 길게 뻗어 있다.

응진전 뒷마당에는 텃밭으로 나가는 쪽문이 있다.

축대를 쌓아 만든 올망졸망한 텃밭에는 늦가을 풍광이 가득하다. 곧 김장에 들어갈 배추, 열무와 아욱, 콩들까지 부지런히 한 해를 보낸 스님들의 손길이 느껴진다.

응진전 안에는 특이하게도 열여섯 나한상(羅漢像)과 함께 다소곳한 여인상이 놓여 있다. 고려 공민왕의 부인인 노국공주(魯國公主)다. 홍건적의 난 때 공민왕과 피란 온 노국공주는 응진전에 머물며 홍건적 퇴치를 간절히 기원했다. 공주는 붉고 푸른 화관을 쓰고 머리칼은 어깨까지 땋아 내렸다. 반달 같은 눈썹 아래 빨간 입술이 눈길을 끈다.

응진전의 나한들은 수행을 마치고 이미 성자의 위치에 오른 이들이다. 진리에 응하여 남을 깨우친다는 나한들이 노국공주로 인해 시험에 들지

고무신 한 켤레에 담긴 정갈한 손길.

나 앉았을까. 응진전 뒤 사립문을 열고 나가면 텃밭과 샘터가 있다. 정성스레 가꾸었던 콩밭은 추수가 끝나 스산하다.

응진전을 지나 모퉁이를 돌면 청량산 최고의 전망대인 어풍대가 나온다. 100여m 벼랑 위 어풍대에 서면 자소봉, 연적봉, 탁필봉, 장인봉까지 12봉우리가 연꽃처럼 펼쳐진 산세가 한눈에 들어온다. 그 안 꽃술자리에 청량사가 살포시 안겨 있다.

잔뜩 흐린 하늘에서 빗방울들이 투두둑 툭툭 떨어지기 시작한다. 갈잎에 떨어지는 가을비가 한 해의 마감을 재촉한다. 비를 맞으며 신라 명필 김생(金生)이 10년 동안 글씨 공부를 했다는 김생굴을 지난다. 빗방울이 제법 굵어진다.

수행을 마친 16나한 곁에 고려 공민왕의 부인인 노국공주가 앉아있다.
홍건적의 난 때 피란 온 공주가 응진전에 머물며 기도했던 인연이다.

자소봉 오르기를 생략하고 우회길을 택했다. 잠시 비를 피할 겸 자소봉 암벽 아래 움푹 파인 부분으로 들어갔다. 그곳은 안쪽으로 깊이 2m, 길이 10여m 정도로 쉬어가기 딱 좋은 곳이다. 이미 자리 잡고 앉아서 간식을 들고 있는 중년 부부 옆으로 자리를 잡았다. 보온병에 담아온 따뜻한 차 한 잔의 온기가 몸속으로 퍼진다.

비가 잦아들어 능선길로 올라섰다. 엄지손가락을 치켜세운 듯한 10여m 높이의 탁필봉을 지난다. 철제 사다리가 놓인 봉우리를 오르니 가장 먼저 눈에 띄는 것은 소나무 몇 그루 사이에 세워진 검은색 빗돌이다. 검은색 빗돌? 순간 가슴이 철렁했다. 누구 비석이 이곳에 서 있는 것일까?

다가서니 비석이 아니라 연적봉 846.2m라고 새겨져있다. 연적봉에서 돌 하나 던지면 맞출 거리에 우뚝우뚝 솟은 기암들, 탁필봉과 자소봉이 이어지고 동북쪽의 갈산리와 서천리 일대에선 운무가 피어오르고 있다. 서쪽으로 장인봉에서 흘러내린 능선길의 기암들 사이로 청량산의 명물인 녹색 구름다리가 자태를 드러낸다.

능선길을 10여 분 따르다 뒤실고개에서 하산길을 택했다. 급경사다. 몸이 앞으로 쏟아질 듯하여 무게 중심을 잡느라 다리에 힘이 잔뜩 들어간다. 눈 아래 청량사 지붕들이 보인다. 경사진 면에 축대를 쌓아 마당을 만들고, 제 크기에 맞는 당우들을 들어앉힌 모습이 단아하고 예쁘다.

종무소 앞 보살이 내놓은 하얀 인절미를 몇 조각 입에 물고 출발한다. 뜻밖으로 맛있다. 돌아서서 “맛있네요, 갈 길이 멀어요” 한마디에 보살이 웃으며 몇 조각을 비닐에 싸준다. 출발지였던 입석으로 가는 허릿길로 들어섰다. 퇴계가 사랑한 청량산은 바로 이런 길을 걷는 맛이었을 거다. 한발 한발 행복감에 젖은 채 걸으니 곧 청량산방이다. 퇴계 이황은 어린 시절 이 자리 오산당에서 숙부 송재(松齋) 이우(李堣)에게 글을 배웠다. 청량정사는 훗날 사림(士林)들이 합의해서 1832년에 창건된 건물이다.

조선 최고 유학자 퇴계는 학문뿐만 아니라 삶에서도 그윽한 사람의 향기가 나는 선비였다. 21세에 결혼했는데 27세 때 첫 부인과 사별하고 30세에 두 번째 결혼을 했다. 두 번째 부인인 안동 권씨는 그의 아버지 권질(權礩, 1483~1545)의 간절한 청에 의해 퇴계와 혼사가 이루어졌다. 권질은 갑자사화, 기묘사화 등에 잇달아 연루돼 집안이 풍비박산 났다. 안동으로 유배온 권질이 자신의 딸을 퇴계에게 부탁했다.

“두 차례 사화로 내 여식이 혼이 나가 온전치 못하네. 저 아이를 두고

육육봉으로 불리는 12봉우리마다 기암절벽을 품고 있다.

어찌 눈을 감겠는가. 아무리 생각해도 자네밖에는 믿고 맡길 사람이 없구먼."

이런 청을 차마 거절하지 못한 퇴계는 권씨를 부인으로 삼아 극진히 챙겨 주었다. 정신이 온전치 못한 부인은 제사 음식에 먼저 손을 대거나, 상갓집에 가는 선생의 낡은 흰 도포를 빨간 천으로 기워 퇴계를 곤란하게 만들기도 했다. 그렇지만 그는 늘 부인을 감싸고 배려했다.

구전(口傳) 설화에서는 권씨 모녀가 객담을 나누는 이야기가 있다. 어머니가 딸에게 "퇴계 같은 분이 밤에 너에게 손을 대더냐?"고 물으니 딸이 "낮토끼이지 밤토끼인가?"라고 답했다는 것이다. 딸은 어리석어 퇴계를 토끼

붓 끝을 닮은 탁필봉

로 알고 있었다는 우스개 같은 설화다.

하지만 이후 낮에는 점잖은 도학자가 밤에는 토끼처럼 색을 밝힌다고 하여 '낮 퇴계 밤 토끼'란 말이 나왔다고 한다. 조선 최고의 유학자를 우리 곁으로 끌어오려는 민간 구전이지만, 퇴계가 도리어 친근하게 다가온다.

낙엽 가득한 오솔길은 산허리를 감고 돌며 입석 주차장으로 산객을 안내한다. 벼슬보다 학문에 뜻을 두고 벼슬을 사양한 것만도 79차례에 이른다는 청량산인 이황. 그가 500년 전에 다니던 길에 발을 포개고 돌아오는 하산길은 몸도 마음도 맑아지는 듯하다.

청량사 1코스 | 2.3km, 1시간 30분
입석–청량정사–청량사–선학정
노약자들도 이용할 수 있는 산책 코스. 청량산의 호젓한 허릿길을 걷는 맛이 일품이다.

입석 원점 회귀 코스 | 4.8km, 3시간 30분
입석–응진전–김생굴–자소봉–연적봉–청량사–청량정사–입석
청량산의 중요한 유적들을 모두 볼 수 있다. 정상까지 돌아오려면 1시간 정도 추가된다.

청량사 2코스 | 2.2km, 1시간 30분
선학정–청량사–자란봉–하늘다리–장인봉
청량산 정상인 장인봉을 가장 빠르게 오르는 코스다. 급경사 길이 계속된다.

서어나무 떡갈나무 상수리나무까지 활엽수 가득한 광덕산 능선.

해어화(解語花) 김부용이 잠들다 | 천안 **광덕산** | 廣德山·699m

말을 알아듣는 꽃, 그래서 해어화. 조선시대 3대 시기(詩妓)로 일컬어진 황진이(黃眞伊), 이매창(李梅窓), 김부용(金芙蓉)이 있었다. 이들은 기생이면서도 시를 짓고, 읊을 줄 아는 문인이었다. 이런 기생들을 부를 때 말을 알아듣는 꽃이라 해서 해어화라 했다. 그들의 삶은 그 자체가 한 편의 슬픈 시였다.

그 가운데 운초(雲楚) 김부용은 황해도 성천에서 가난한 선비집 무남독녀로 태어났다. 네 살 때 글을 배우기 시작하여 열 살 때 당시(唐詩)와 사서삼경에 통달할 정도로 영특했다고 한다. 열 살 때 아버지를 여의고, 이듬해 어머니마저 잃게 된 부용은 12세에 기적(妓籍)에 올라 기생의 길을 걷게 되었다. 부용은 기녀였지만 시와 예기에 천부적인 재능을 보였다. 16세에 성천 군민 백일장에서 장원하여 인기를 얻었으며, 전해지는 한시(漢詩)만 350여 수에 달한다.

부용이 열아홉 무렵, 50여 년 나이 차이가 나는 홍문관제학(弘文館提學) 김이양(金履陽, 1755~1845)과 첫 인연을 맺었다. 대감의 첩으로 들어갔을 때 대감 나이 77세, 부용은 27세쯤이었다. 부용에게 50년의 나이 차이는 문제가 아니었다. 대감은 자신의 시적 재능과 예술성을 알아준 사람이었다. 14년간 부부의 연을 맺고 김이양 대감이 91세의 나이로 운명한 후 가슴

조선의 3대(大) 시기(詩妓)로 불리는 운초 김부용의 묘.
소실인 탓에 대감 곁에는 못 묻히고 300여m 떨어진 발치에 묻혔다.

절절한 비통함을 시로 남겼다.

> 도대체 인연이 아니었던가 이 오랜 인연
> 그 인연 어찌 죽기 전 좇아가지 못 했나
> 꿈에서 꿈 얘길 하니 진짜는 어디 있나
> 삶에도 삶이 없으니 죽음 또한 필시 그렇겠지
> (…)
> 누가 알겠는가 기생 하나 방안에서 눈물짓는 걸
> 뜨락의 꽃 두루 적시니 철쭉(두견화) 되어 피는 걸
> -「연천 노인을 곡함」 중에서

운초 김부용이 맺은 한 사람의 인연, 부용은 그를 잃고 함께 죽지 못했음을 한탄했고 수절하며 16년을 더 살았다.

천안 시내에서 광덕사를 다니는 600번 버스에서 한 무리의 등산객이 내린다. 광덕사 입구에서 등산객들은 나뉜다. 시끌벅적한 무리는 장군바위나 정상으로 바로 오르는 계곡길로 사라지고, 능선을 타고 도는 부용길은 한산하다.

부용묘 길에는 김부용의 묘가 있다. 광덕사에서 1km쯤 오르니 안내판이 나온다. 부용은 유언으로 김이양 대감의 묘가 있는 천안 광덕산에 묻히길 바랐다. 소실인 탓에 대감 곁에는 묻히지 못하고 같은 산줄기 300여m 떨어진 먼발치에 묻혔다. 묘는 등산로 옆 10여m 둔덕 위에 있었다.

검은색 빗돌에는 「시인 운초 김부용지묘」라 쓰여 있다. 부용묘를 두른 화강암에는 연꽃 문양들이 곱게 새겨졌다. 빗돌 뒷면에는 "김대감 사별 후에는 절개를 굳게 지켜오다가 임종 시의 유언에 의하여 부군의 고향인 천안 광덕 이곳에 묻히다"란 구절이 보인다.

묘를 끼고 100여m 오르니 눈앞이 시원해지는 대나무 터널이 나온다. 바닥의 하얀 눈이 초록색 댓잎을 더 눈부시게 만든다. 장군바위까지 1.8km 남았다. 등산로에서 한 발 벗어나 낙엽길로 올라본다. 떡두꺼비처럼 넙적한 떡갈나무 잎, 새 깃털처럼 날렵한 상수리나무 잎, 도토리뿐 아니라 잎도 제일 작은 졸참나무 잎까지 나무들은 제 잎을 떨구어 서로서로 발등을 덮으며 온기를 나눈다.

능선에 올라서니 북쪽 장군바위에서 서쪽으로 광덕산 줄기까지 너울치듯 넘어가는 산세가 한눈에 들어온다. 그 산세가 광덕(廣德)이란 이름처럼

세상이 흰 눈으로 덮이는 겨울에 대나무는 푸른빛을 더한다.

넓고 커 덕스럽다. 장군바위로 이어지는 숲길도 넉넉하다. 부용묘에서 고도를 100여m 올렸을 뿐인데 천지가 달라진다.

북사면은 하얀 눈이 덮인 깊은 겨울이고, 눈 녹은 남사면은 고요한 진갈색이다. 하얀 세상으로 변한 눈길을 밟으며 30여 분 걸으니 명소로 소개된 장군바위다. 바위 어디를 둘러봐도 장군 형상으로 여겨지지는 않는다. 컨테이너 박스만한 크기의 바위는 장군보다는 오히려 토끼를 닮은 듯하다.

안내판에 적힌 전설은 "허약한 젊은이가 허기와 갈증으로 사경을 헤매다 바위에서 떨어지는 물을 받아먹은 후 몸이 마치 장군처럼 우람하게 변

참나무 가득한 숲길에 안개가 스며들고 있다.

하여서 장군바위"란다. 아쉽게도 지금은 물 떨어지는 곳이 없다.

장군바위 둘레 두 군데에 돌 제단이 있다. 바위 아래 바람을 피하기 좋은 남쪽 제단에선 상인이 막걸리를 팔고 있었다. 큰 컵 한 잔에 2,000원, 안주는 마늘종과 멸치로 막걸리 한 잔 안주로는 기막힌 궁합이다. 요즘은 이 조합이 전국 공통이다.

동행한 일행에게 "제단이 있는 걸 보니 무속인들이 많이 찾던 바위 같다"고 설명하자 막걸리 팔던 분이 한마디 거든다.

"아닌데유, 제 친구가 10년 전에 장사하느라 쌓았시유. 겨울에는 추워서 여그서 팔고 여름은 더워서 서쪽 그늘에서 파느라 쌓은 돌 탁자유."

그러고 보니 제단에는 제사를 드린 흔적이 전혀 없다. 돌 제단은 100

년쯤 지나면 제단 같다는 오해를 벗어던지고 등산객들이 막걸리 한 잔에 온기를 나누던 돌 탁자라는 해설이 붙을 것 같다.

장군바위에서 정상까지는 1.2km다. 숲에는 옅은 안개가 끼기 시작했다. 또렷하던 나무들이 안개 속에 몸을 숨기며 신비로운 세상을 만들어간다. 마침내 정상 아래 쉼터에 이르렀다. 7~8개의 벤치와 공터에는 간식이나 점심 보따리를 풀어놓은 등산객들로 부산하다.

그곳에서 20여 개 나무계단을 오르니 정상이다. 하얀 눈밭 위에 사람 키만 한 정상석이 서 있다. 정상석 하단부에는 아산시, 천안시 두 군데가 표기되어 있다. 아산시 송악면은 강당골로 오르는 길이고, 천안시 광덕면은 광덕사를 중심축으로 삼는다.

정상석에서는 기념사진 찍는 사람들로 분주하다. 방울 털모자를 쓴 중년 부부, 서울 목동에서 온 신혼 부부, 빨간 깃발에 '명산 100 도전단'이라 쓴 산행객들까지 모두 정상석을 끼고 사진을 찍느라 부산하다. 언제나 정상에 오르고 나면 그 성취감에 뿌듯하고, 사진은 삶의 한 조각 추억이 된다. 하지만 흐린 날씨로 조망은 나빴다.

5년 전 이곳에 섰을 때는 아산시와 천안시가 한눈에 들어 왔었다. 뒤를 이어 아산만을 지켜온 영인산(364m), 덕산 가야산(677.6m), 광천 오서산(790.7m)까지 금북정맥의 큰 산들을 보았던 기억이 생생하다.

목동에서 왔다는 신혼부부와 함께 하산을 시작했다. 양가 부모님이 산을 좋아하셔서 자신들도 거부감 없이 산을 다닌단다. 10여 개의 벤치가 놓인 쉼터에 국가지점 번호라 쓴 노란 안내판이 눈길을 끈다.

자동차 번호판처럼 '다, 바'라고 쓰인 것 밑에 8자리 숫자가 있다. 경찰, 119, 한국전력, 국립공원관리공단이 제각기 세우던 표지판을 하나로 통일한 것이다. 쓰인 대로 '다, 바 5813 5432'라는 번호를 불러주면 10m 단위까지 추적이 가능하단다.

쉼터에서 10여 분 하산하니 넓은 자리에 커다란 비석이 서 있는 묘가 나왔다. 부용이 꿈에서도 함께 하고 싶어 한 김이양 대감의 묘도 저 정도 크기일 거라 생각하며 다가가 보았지만 근래 조성된 묘다. 10여 분 더 하산하니 팔각정이 있는 쉼터가 나온다. 이곳에서부터 내리막길은 나무 데크(deck)로 이어지는 계단길이다. 계단이 수백 개는 되어 보인다. 그렇게 계단을 내려와 작은 지계곡을 건너 광덕사 뒷마당으로 들어섰다.

하얀 진돗개 두 마리가 절을 지키며 방문객도 반긴다. 대웅전 뒤에 서 있는 나무에는 연등 걸리듯 겨우살이가 가득하다. 공해가 없는 곳에서만 산다는 겨우살이를 보며 한 번 더 심호흡을 한다.

대웅전 앞에 놓인 석사자 두 마리, 마모된 형태가 세월의 흐름을 말해준다. 마모되었지만 개구리 입처럼 벌어진 길쭉한 입이 정겹다. 다섯 칸의 대웅전은 단아하다. 외부에서 사찰 경내로 들어서기 위해서는 2층 누각인 보화루 계단 길로 올라야 한다.

그 계단 길 옆에 천연기념물인 호두나무가 있다. 약 700년 전 고려 충렬왕 16년(1290)에 유청신(柳清臣) 선생이 중국 원나라에 갔다 올 때 호두나무와 열매를 가져와 어린나무를 광덕사에 심었다 한다. 이것이 우리나라에 호두가 전래된 시초가 되었다 하여 이곳을 호두나무 시배지라 부른다. 현재 자라는 나무는 400여 년 된 것으로, 원목의 2세로 추정하고 있다.

광덕사를 돌아 내려오니 아침에 출발한 부용길과 합쳐진다. 천부적인 문학성과 예술성을 갖고 태어났지만 천민이라는 굴레에서 힘겹게 살았을 부용. 77세 노인을 20대 젊은 여인이 그토록 사랑하며 평생을 보냈다는 건 남편이기보다 그의 재능을 인정해주던 지기(知己)였기 때문이 아니었을까.

두 사람은 부용묘길 등산로 옆에 300여m 떨어져 잠들어 있다. 부용묘는 천안 문인협회에서 40여 년째 해마다 4월 추모제를 지낸다.

거문고, 노래, 시, 술, 글씨 있으면
이승이 바로 신선세계라.
강산도 마치 날 기다리는 듯하니
꽃과 새 시샘하지 마오.
-- 김부용, 자황(自況)

부용묘길 코스 | 3.8km 2시간 20분
광덕사 – 부용묘 – 능선 삼거리(능선길 7지점) – 장군바위 – 정상
정상으로 가는 길은 조금 멀지만 경사도가 낮아 가장 편하게 산행할 수 있다.

정상길 코스 | 2.7km 1시간 40분
광덕사 – 나무계단 길 – 팔각정 – 쉼터(벤치6개) – 정상
거리가 가장 짧으나 나무계단 길과 급경사 지역이 이어진다. 겨울에는 스틱을 지참해야 한다.

장군바위 코스 | 3.3km 1시간 50분
광덕사 – 주막쉼터 – 장군바위 – 정상
비교적 짧으면서도 광덕산 주능선을 걸을 수 있는 코스

강당사 원점 회귀 코스 | 6.7km 3시간 20분
강당사 – 임도 갈림길(정자) – 광덕산 정상 – 장군바위 – 어둔골 – 강당사

어린애의 웃음같이 깨끗하고 명랑한 오월의 하늘, 나날이 푸르러 가는 이 산 저 산.
-이양하, 「신록예찬」

초의(草衣)선사와
추사(秋史)의 우정이 깃든 곳

해남 **두륜산**

頭輪山·700m

전라남도 해남 땅. 온 산하가 신록으로 뒤덮여 눈부신 날 두륜산을 오른다. 매표소를 지나 대흥사로 이어지는 장춘(長春)계곡 도로의 아름드리 나무들도 연초록 잎으로 하늘을 덮고 있다. 봄이 길다는 뜻의 장춘계곡은 남도 땅의 끝이라 봄이 오래 머문다고 하여 얻은 이름이다.

계곡 마지막 다리인 반야교를 지나 그윽한 절집 대흥사 품에 안긴다. 길 옆 낮은 담장 안으로는 30여 개의 사리탑과 비석이 서 있다. 부도전을 지나서 천왕문이 있을 곳에 해탈문이 서 있다. 눈을 부라린 사천왕상이 아니라 편안한 표정으로 코끼리를 타고 앉은 문수동자상이 자리하고 있다. 대흥사를 둘러싼 천관산, 달마산, 월출산이 사천왕 역할을 대신하기 때문이라고 한다.

해탈문을 넘어서면 대흥사 경내가 한 눈에 들어온다. 대흥사를 소개하는 입간판 뒤로 두륜산이 병풍처럼 펼쳐진다. 입간판 설명대로 눈길을 따라가 보면 두륜산은 거대한 와불(臥佛)이다. 두륜봉이 얼굴이요, 가련봉과 노승봉은 두 손이다. 북으로 흘러가는 능선은 발꿈치에서 노성봉을 일으켜 와불을 완성시켰다.

가람 오른편으로 들어서니 서산대사(西山大師) 의발(衣鉢)을 모신 표충사가 나온다. 그 옆에 죽장 하나를 어깨에 걸친 채 왼손에 염주를 쥐고

속세의 번뇌 망상을 버리고 진리의 세계로 들어서는 일주문은 승과 속의 경계선이다.

앉은 초의선사(艸衣禪師, 1786~1866) 동상이 있다. 조선시대 삼절로 추앙받는 소치(小癡) 허련(許鍊)의 초상화를 바탕으로 만든 동상이니 실제 모습에 가까울 것이다.

왼쪽 어깨에 가사를 걸치고 지긋이 내려다보는 눈, 일자로 다문 입술은 평생을 선(善)지식과 차 공부에 바쳐, 맥이 끊어져 가던 우리 차 문화를 일으킨 인자한 선승의 모습이다. 그는 시(詩), 차(茶), 선(禪) 모두 경지에 올라 다산 정약용, 자하(紫霞) 신위(申緯), 추사(秋史) 김정희(金正喜) 같은 당대의 대학자들과 교류하며 실학사상에도 심취했다.

703m 두륜산 줄기는 다도해 푸른 물과 맞닿는다.

특히 평생 지기였던 추사(1786~1856)가 보낸 편지 70여 통이 전해져 이들의 막역한 우정을 짐작할 수 있다. 추사는 때로 장난기 어린 투정도 부리고 차를 보내라고 초의를 협박도 한다. 추사가 제주에 귀양 가 있을 때 초의는 추사를 만나러 제주도에 가서 6개월간 산방굴사에서 지냈다. 당시 난생 처음 말을 탄 초의의 넓적다리 살이 벗겨졌다는 소식에 추사가 1843년 7월 2일에 쓴 편지다.

[말 안장을 이기지 못해 넓적다리 살갗이 벗겨지는 고통을 당하셨다고 들었습니다. 매우 걱정하고 있습니다. 크게 다치지는 않았습니까? 제가 누누이 일렀건만 끝내 듣지 않고 경거망동을 했으니 이런 일이 생긴 게 아닙

초의 선사는 차와 선이 하나로 모든 법은 통하며, 평상심이 곧 도라고 여겼다.

니까. 상처 크기에 맞게 사슴 가죽을 얇게 펴고 자른 후 밥풀을 이겨 붙이면 상처가 빨리 낫는다고 합니다. 중의 살갗과 사슴 가죽이 서로 겨뤄보는 거지요. 회복하면 얼른 일어나 돌아오셔야 합니다. 그럴 수 있을 겁니다. 찌는 더위에 시달리던 중 겨우 적습니다. 그럼 이만. 추사가 초의에게.]

살갗이 벗겨져서 고생하는 초의에게 추사는 내 말 안 듣다가 그렇게 된 거라고 한 소리 한다. 상처에 사슴 가죽을 펴 바르면 좋다고 일러주면서도 중의 살갗과 사슴 가죽이 겨뤄보는 게 아니겠느냐며 짓궂게 장난을 걸고, 나으면 얼른 자기를 보러 오라고 당부하는 추사의 짧은 말 속에서 친구를 그리워하는 마음을 읽을 수 있다.

각자 표주박을 하나씩 들고 와 물을 떠가라. 갈 때는 달빛 하나씩을 건져가라. - 『초의시선』

휴일 인파로 붐비는 경내를 빠져나와 일지암에 오르는 길로 들어서니 인적이 뚝 끊긴다. 소음과 번잡함이 일시에 사라지니 오감이 살아난다. 잎끝이 갈퀴처럼 갈라진 살갈퀴꽃 분홍색이 숲속에서 반짝인다. 일지암 오르는 시멘트 도로는 가파르다. 몇 번 호흡을 고르며 1km쯤 오르니 일지암이다.

아담한 세 칸짜리 대웅전과 초의선사가 생활하던 자우홍련사, 그리고 작은 연못 옆으로 초막이 보인다. 다실로 쓰던 초막은 가운데 방 한 칸을 두고 사면에 툇마루를 두른 4평 규모의 단아하고 정갈한 집이다. 일지(一支)란 이름은 당나라 시승 한산(寒山)의 시구에서 따왔다. "뱁새는 언제나 한 마음이기에 나무 끝 한 가지에 살아도 편안하다"는 무소유의 개념이다.

연못 속 버들치 몇 마리가 인기척에 놀라 돌 틈으로 숨어버린다. 누각을 받치는 돌기둥과 근처 바위에는 군데군데 먹으로 그린 가재, 새우, 고양이 그림들이 숨어 있다. 고적한 분위기의 초막을 바라보는 것만으로도 마음이 평안해진다.

초막 뒤 바위틈에서 솟는 유천(乳泉) 물이 나무 대롱에 연결된 돌확(돌을 파서 만든 절구만 한 수조)에 담겨 흐른다. 표주박으로 받아 마신 물 한 잔에 온몸의 세포가 깨어나는 듯 물맛이 시원하고 깔끔하다. 좋은 물맛이 이런 것이구나 싶다. 편의점에서 사온 물을 버리고 유천물을 담았다. 초의스님은 유천 샘물을 시로 남겼다.

> 내가 사는 산에는 끝도 없이 흐르는 물이 있어, 시방에 모든 중생들의 목마름을 채우고도 남는다. 각자 표주박을 하나씩 들고 와 물을 떠가라. 갈 때는 달빛 하나씩을 건져가라.

초의는 자신의 명성이 차츰 세상에 알려지자 나이 마흔에 일지암에 들어가 40여 년 은거생활을 했다. 실학 정신에 바탕을 둔 초의는 범패와 원예와 장 담그기까지 일가를 이루었다. 특히 직접 차밭도 가꾸며 우리 차 문화를 정립한 『동다송(東茶頌)』이란 명저를 남겼다. 차를 재배하던 초의에게 추사는 투정까지 부리면서 걸명(乞茗)의 편지를 써 보내기도 했다.

> 어느 겨를에 햇차를 천리마의 꼬리에 달아서 다다르게 할 텐가. 만약 그대의 게으름 탓이라면 마조의 고함(喝)과 덕산의 방망이(棒)로 버릇을 응징하여 그 근원을 징계할 터이니 깊이깊이 삼가게나. 나는 스님을 보고 싶지도 않고 또한 스님의 편지도 보고 싶지 않으나, 다만 차와의 인연만은 차마 끊어버리지도 못하고 쉽사리 부수어버리지도 못하여 또 차를 재촉하니 편지도 필요 없고 다만 두 해의 쌓인 빚을 한꺼번에 챙겨 보내되 다시는 지체하거나 빗나감이 없도록 하는 게 좋을 거요.

차를 보내달라면서도 큰소리를 칠 정도로 막역한 두 사람이었다. 일지암에서 두륜봉(630m)으로 오르는 등산로를 찾으려 기웃거리는데 보살 한 분이 자신들만 다니는 비밀스런 숲길이 있단다.

"등산로는 재미가 없어요, 호젓하게 걸어가 보세요."

보살의 권유대로 혼자 걷기 딱 좋은 길이다. 이곳은 느린 걸음으로 걸어야 한다. 빨리 걸으면 산죽나무들이 가끔씩 뺨을 후려치기도 한다. 천천히 걸으니 아늑한 숲의 기운을 온몸이 받아들이는 느낌이다. 발 아래 수북한

초의 선사가 39세였던 1824년에 지어 40여 년간 기거하며 한국 차 문화를 일으킨 일지암.
일지(一支)는 '뱁새는 나무 끝 한 가지에 살아도 편안하다'는 무소유의 개념이다.

낙엽들 사이로 새빨간 동백 한 송이가 떨어져 있다.

산죽나무 길을 빠져나와 기존 등산로를 만나니 길은 온통 돌투성이다. 팍팍한 돌길을 20여 분 오르니 가련봉과 두륜봉 사이 안부(鞍部)인 만일재다. 이곳은 진도 쪽에서 부는 서쪽 바람이 모자를 날릴 정도로 바람골이다. 안부에서는 동쪽으로 완도와 고금도에 둘러싸인 강진만 일대가 시원하게 들어온다.

만일재 오른쪽으로 왕관처럼 불쑥 솟은 두륜봉은 봉우리를 크게 한 바퀴 돌아서 올라야 한다. 길은 아기자기해서 지루하지 않다. 협곡 사이에 나무계단이 놓이고, 이리저리 각도를 틀며 오른다. 정상 바로 아래에는 두륜산 명물인 자연석으로 이루어진 구름다리가 있다. 두륜봉 주변의 활엽수들은 이제 막 첫 잎을 내고 있다.

하산길은 진불암을 거쳐 대흥사로 내려섰다. 이곳에 오게 되면 대웅보전 현판은 봐야 한다. 1840년 제주도로 귀양 가던 추사는 초의에게 품격 없는 글씨를 대웅보전에 걸었다며 당장 떼고 자신의 글씨로 걸라고 타박했다. 당시 걸려 있던 현판은 조선 명필 이광사(李匡師)의 글씨였다. 제주에서 귀양살이 7년 3개월, 햇수로 9년 만에 유배가 풀려서 서울로 가던 추사가 초의를 만났다.

"내 글씨를 떼고 이광사의 대웅보전 현판을 다시 걸어주게, 그때는 내가 잘못 보았네."

9년의 고난 속에 글씨도, 인간도 더 성숙해진 추사의 모습이다. 생전에 초의는 자신과 동갑내기인 추사와의 관계를 서로를 사모하고 아끼는 도리를 잊지 못하는 사이(不忘相思相愛之道)라 얘기했다. 추사 또한 장무상망

추사가 9년의 유배 후 다시 걸어달라고 했던 이광사의 대웅보전 현판.

(長毋相忘, 오래도록 서로 잊지 말자)이란 말로 우정을 나눴다.

두륜산 1코스 | 7.1km, 4시간 30분

대흥사–북미륵암–오심재–가련봉–두륜봉–진불암–대흥사

북미륵암에는 보물 마애여래좌상과 북미륵암 3층 석탑이 있다. 오심재를 지나 가련봉으로 가는 등산로가 조금 험하다. 중급자 이용.

두륜산 2코스 | 6.1km, 4시간 소요

대흥사–일지암–천년수–두륜봉–진불암–대흥사

초의선사가 머물던 일지암을 들려보는 코스. 일지암 샘물을 마셔보면 좋은 물맛의 느낌을 알게 된다. 정상주변 구름다리가 명물이다.

와석리 사람들이 영춘면 장을 보러 넘나들었던 마대산.
김병연도 이 길을 넘었을 것이다.

물처럼 구름처럼 살았던
김삿갓의 고향

영월 **마대산**

馬垈山·1052m

새도 둥지가 있고 짐승도 굴이 있어 보금자리가 있건만,
내 평생 돌아보니 집도 없이 홀로 외로웠구나. 짚신 신고
대지팡이 짚고 천 리 길 떠돌며, 물처럼 구름처럼 방랑하
며 천지 사방 가는 곳이 내 집이었다.
- 김병연(金炳淵) 「난고평생시(蘭皐平生詩)」

자신이 읊은 글처럼 평생을 물처럼 구름처럼 떠돌며 세상에 해학과 풍자로 맞섰던 난고 김병연. 사람들은 모두 그를 방랑시인 김삿갓이라 부른다. 그가 살던 집과 산소가 있는 강원도 영월 마대산 산행에 나섰다. 영월 읍내를 지나 깎아지른 산들 사이로 흐르는 김삿갓 계곡을 따라 7km를 더 들어가니 김삿갓 문학관 앞 너른 주차장이 나온다. 길 건너 마대산 기슭에 김삿갓 묘역과 그가 살던 초가집이 있다.

영월군은 김삿갓을 홍보하기 위해 2009년 동네 지명까지 하동면에서 김삿갓면으로 바꾸었다. 돌다리 난간도 붓 형태로 만들어서 붓촉 부분은 먹물을 머금은 듯 짙은 검은색으로 칠했다. 다리를 건너니 오른쪽 둔덕에 김삿갓 묘지가 있고, 주변은 공원화가 되어 있다. 곳곳에 놓인 자연석과 오석에는 김삿갓의 시들이 새겨졌다.

안동김씨 후손들이 보관하던 김삿갓 영정과 글.
-「세상만사 이미 정해져 있거늘 / 뜬구름같이 덧없는 인생 공연히 서두르고만 있네」

문전박대하던 개성 사람들에게는 "고을 이름은 문을 연다는 개성(開城)인데 어찌 문이 굳게 닫혔으며 (…) 예의 동방의 나라에는 그대만이 진나라 진시황이더냐"라며 개성 인심의 야박함을 조롱하는 시를 썼다. 주머니 속 깊이 간직한 엽전 일곱 푼을 들고 "황혼에 술집 앞을 이르니 어이할거나"라고 갈등하며 시 한 수를 남겼다. 멀건 죽 한 그릇 내놓고 면목 없어하는 가난한 집에선 "나는 물에 비치는 청산을 사랑한다오"라며 착한 주인의 마음을 만져준다.

김삿갓 시는 당대의 위선적인 권력자들을 한 구절의 글로 통렬히 비판하고, 힘들고 어려웠던 백성들 마음을 따뜻하게 감싸 주었던 진솔함 때문에 오늘날까지 애송되고 있다. 공원 한구석에 삿갓 쓰고 앉아 있는 화강암의

열일곱 살 김병연이 새색시를 데리고 들어가던 첩첩산중 숲길.
지금도 인적 없는 산길을 2km쯤 걸어가야 하는 곳이다

단맛, 쓴맛, 짠맛, 신맛, 매운맛의 다섯 가지 맛이 난다는 오미자.

김삿갓 동상에서 샘물이 나온다. 가뭄 때문인가 물맛이 텁텁하다.

이곳에서 1.6km를 오르면 김병연이 살던 주거지가 나온다. 계곡 따라 오르는 길에 물소리는 들리지 않고, 이따금 울려 퍼지는 청량한 새소리만이 더위를 식혀준다. 열일곱 김병연이 새색시를 데리고 걷던 길이다. 숲길을 10여 분 오르니 눈앞이 휑하니 뚫린다.

길게 개간된 땅은 오미자 농원이다. 완두콩만 한 초록색 오미자가 포도송이처럼 주렁주렁 달려 있다. 단맛, 쓴맛, 짠맛, 신맛, 매운맛 5가지 맛이 난다고 해서 이름에 오미(五味)가 붙었다. 이렇게 청정한 곳에서 자라는 오미자는 도시에서 인기도 좋다.

작은 임도를 사이에 두고 충북 단양군과 강원도 영월군이 갈라져 있다. 두 개 군이 서로 지역 표시 팻말을 몇 개씩이나 꽂아놓은 모습이 치열하게 영역 다툼을 하는 듯하다.

숲길 따라 20여 분 걸으니 작은 계곡 건너에 김삿갓이 결혼해서 살았다던 옛집이 나온다. 지금도 찾아가기 힘들 만큼 첩첩산중에 자리한 초가집은 1982년에 복원됐다. 돌담 너머로 서너 평 고추밭과 3칸짜리 집이 보인다. 이곳에서 학문의 깊이를 더하던 김병연은 20세에 영월 백일장에 응시했다.

그날 시제(詩題)는 「홍경래 난 때의 가산군수 정시(鄭蓍)의 충절을 논하고 김익순(金益淳)의 하늘에 사무치는 죄를 탄하라」는 것이었다. 1811년 홍경래의 난 때 가산군수 정시는 죽기를 각오하고 싸워 전사했고, 선천부사 겸 방어사로 높은 직급의 김익순은 반란군에게 항복하여 이듬해 3월 9일 사형 당하였다.

이날 장원은 "한 번 죽어서는 그 죄가 가벼우니 만 번 죽어 마땅하다"며 거침없는 글로 김익순의 죄를 통렬히 비판한 영월군 와석리 화전민촌 가난한 선비 김병연이 차지했다. 그는 장원을 했다는 기쁨에 벅찬 가슴으로 집으로 돌아가 어머니에게 알렸다. 하지만 어머니는 뜻밖의 눈물을 보였다.

어머니가 그동안 숨겨왔던 집안의 내력을 털어놓았다. 안동김씨 김익순은 바로 그의 조부였다. 김병연은 하늘이 무너지는 듯했다. 역적의 자손인

김병연이 첫 살림을 꾸민 집은 땅 한 평 일구기 어려운 첩첩산골이다.
이곳에서 5년을 살고 22세에 삿갓을 쓰고 떠돌기 시작했다. 집은 1982년 복원되었다.

데다 자신의 조부를 욕하는 시로 상까지 탔으니 어찌 하늘을 쳐다보며 살 수 있으랴. 그래서 삿갓으로 하늘을 가린 채 정처 없는 방랑길에 나섰다는 것이다.

문헌상으로 영월 백일장 이야기는 남아 있지 않지만, 역적의 자손이라는 거스를 수 없는 운명 속에 좌절한 천재의 삶을 살았음은 확실하다. 마당 왼편 사당에는 김삿갓의 초상화를 모셔놓았다. 동그스름한 달걀형 얼굴에 넓은 미간은 선한 인상의 촌로를 보는 듯하다. 안동김씨 휴암공파 후손들이 보관하던 초상화를 1980년대에 이곳으로 모셨다고 한다.

주거지를 지나니 본격적인 등산로다. 깊은 산중에 쭉쭉 뻗은 낙엽송이 반갑다. 화전민들이 빠져나간 곳에 성장이 빠른 낙엽송을 심었다. 길을 가로질러 쓰러진 고목 한 그루 아래로 몸을 낮춰 통과하고, 철제 계단을 힘겹게 오르다보니 한 아름 넘는 소나무들이 자기들 세상인 양 터를 잡고 있다.

옆으로 30도 이상 기울어져 살고 있는 소나무 한 그루는 유난히 누런빛이 돌고 솔방울이 가득하다. 스스로 병이 든 것을 느끼며 후손들을 뿌리기 위해 안간힘을 다해 솔방울을 주렁주렁 피우는 모습이 보기에 안쓰럽다. 쉼 없이 흐르는 땀은 파도처럼 한 번씩 쏴~하고 지나가는 바람이 식혀준다. 급경사 지대는 숲도 짙고 밧줄도 매여 있다. 이렇게 가파른 산행 길에서 숨을 깊이 들이쉬면 청량한 공기가 폐 속까지 퍼져가는 것을 느낄 수 있다.

무엇이라도 하나 의지해야 오를 수 있는 급경사 이 길도 조선시대부터 넘나들던 옛길이다. 김병연이 살던 와석리 쪽 사람들이 영월장을 볼 때 넘나들던 길이다. 젊은 김병연이 자신의 모든 한을 움켜쥔 채 오가던 산길에 내 발자국을 포개려니 한 걸음 한 걸음이 더욱 소중해진다.

마침내 정상에 올랐다. 웃자란 나무들이 가득해 전망 트인 곳이 없다. 안부로 내려와 도시락을 펼쳤다. 주변 풍광을 볼 수 없으니 숲이 더 가깝고 자세히 다가온다. 나무들을 찬찬히 살피니 4계절 푸른 잎인 겨우살이도 꽤 많이 눈에 띈다. 나무 끝에 기생하는 식물인데, 약용으로 쓰여 불법 채취하던 사람들이 떨어지는 사고도 일어난다.

주능선길도 호젓하기 그지없어 모처럼 마음 놓고 깊은 숨을 쉰다. 동

마대산은 강원도 영월군 김삿갓면과 충북 단양군 영춘면에 걸쳐 있다.

북쪽 능선 처녀봉 가는 길의 조망바위에 올라섰지만 나무들 틈새로 시야가 살짝 트일 뿐이다. 시야가 트이는 곳을 찾아 몇 번을 오가다 포기했다.

가슴이 뻥 뚫릴만한 전망대는 없지만 처녀봉과 신선골 갈림목에 전망바위(1030m)가 있다. 대전에서 왔다는 산꾼 혼자 태백산에서 구룡산 선달산으로 이어지는 백두대간 조망을 즐기고 있었다. 그는 어제 정선 구절리에서 노추산 산행을 하고 대전으로 가는 길에 마대산에 들렀단다. 마대산은 오르는 길도 단조롭고 조망 한 번 안 터졌다며 실망하는 기색이 역력하다. 마대산은 풍광을 즐기기보다 호젓한 숲길에 빠질 때 더 매력 있는

"돌아가기 어렵고 머물기도 어려워 몇 날이나 길가에서 방황하며 헤맸던고"라던
김삿갓이 죽어서 돌아온 고향땅.

산이다.

하산길인 처녀봉에는 하늘로 쭉쭉 뻗은 소나무 군락이 자리 잡고 있다. 주변은 활엽수에게 전부 내어줬어도 봉우리만은 지켜내는 도도한 소나무들이 멋져 보인다. 보조시설로 설치한 로프들을 잡아야 할 정도의 급사면이다. 출발 지점인 김삿갓 묘역으로 향했다.

김병연은 1863년 전라남도 화순군 동복면 압해 정씨 종갓집 사랑채에서 죽었다. 봄이 무르익던 3월 29일, 쉰일곱 해의 삶을 마감한 김병연은 구암마을 뒷산 무연고 묘지에 묻혔다. 죽기 전까지 6년여를 머무른 땅 화순, 그가 특히 즐겨 찾았던 깎아지른 적벽의 모습은 놀라울 정도로 고향 영월 동강 주변 산들과 닮았다.

「난고평생시」의 마지막 구절 "돌아가기 어렵고 머물기도 어려워 몇 날이나 길가에서 방황하며 헤맸던고"라며 고향을 그리워했던 구절이 가슴을 때린다. 3년 뒤 김병연의 아들 익균이 찾아와 아비의 시신을 거둬 영월에 묻었다. 봉분은 김삿갓의 삶과 어울리지 않게 크다. 하지만 손대지 않은 자연석으로 세워놓은 비석은 바람처럼 구름처럼 살다 간 그의 삶을 대변해준다.

정상 등반 코스 | 3.6km, 2시간 30분

김삿갓 묘역-김삿갓 주거지-철계단-주능선 안부-정상

정상을 오르기 위한 가장 빠른 등산 코스. 가족 여행객들은 김삿갓 주거지까지 왕복 3.4km의 산책로만 다녀와도 좋다.

처녀봉 일주 코스 | 7.8km, 4시간

김삿갓 묘역-김삿갓 주거지-철계단-정상-전망대-처녀봉-목책구간-김삿갓 묘역

김삿갓 주거지와 정상을 지나 조망이 터지는 전망대까지 마대산을 완전히 한 바퀴 돌아오는 산행길이다.

전라남도, 전라북도, 경상남도에 걸쳐있는 지리산은
1967년 우리나라 최초의 국립공원으로 지정됐다.

조선의 선비 따라
산을 오르다

함양·산청 **지리산**

智異山·1915m

“智異山이라 쓰고 지리산이라 읽는다.” 이병주(李炳注)의 소설 『지리산』 첫 대목이다. 그는 좌우 이념으로 갈라진 근대사의 아픔을 이 장편소설을 통해 풀어놓았다. 그의 말처럼 지리산은 우리 민족에겐 아픔의 산, 신령한 산이다. 또한 수많은 민중의 생활 터전으로 어머니처럼 각별한 산이다.

조선시대에도 지리산 등반을 꿈꾸었던 선비들이 있었다. 이번 산행은 1472년 8월에 지리산을 올랐던 점필재(佔畢齋) 김종직(金宗直, 1431~1492)의 『유산록(遊山錄)』을 따라 오르기로 했다. 긴 장마가 끝자락에 들어선 7월 말 지리산(두류산) 산행에 나섰다.

> 나는 영남에서 생장하였으니, 두류산은 바로 내 고향의 산이다. 그러나 남북으로 떠돌며 벼슬하면서 세속 일에 골몰하여 나이 이미 40이 되도록 아직껏 한 번도 유람을 하지 못했다. 그러다가 신묘년(1471) 봄에 함양군수가 되어 내려와 보니, 두류산이 바로 그 봉내(封內)에 있어 푸르게 우뚝 솟은 것을 눈만 쳐들면 바라볼 수가 있었으나, 흉년의 민사와 부서(簿書) 처리에 바빠서 거의 2년이 되도록 또 한 번도 유람하지 못했다. 그리고 매양 유극기, 임정숙과 함께 이 일을 이야기하면서 마음속에 항상 걸리지 않은 적이 없었다.

천왕봉에서 장터목으로 내려서는 길, 주능선이 길게 보인다.

그가 걸었던 길은 지리산의 가장 내밀한 부분이며 원시림 특별 통제 구간으로 국립공원관리공단의 사전 허가를 반드시 받아야 했다. 마침 국립공원 지리산 관리사무소 측도 선조들이 걸었던 흔적들을 찾는 작업을 하고 있었다. 몇 번의 연락 끝에 지리산 운봉마을 토박이 공단 직원 선득영 씨, 윤봉호 씨와 동행 취재 허가를 받았다.

선득영 씨는 그 코스가 엄청 길고 힘들다면서 "산길을 잘 걷느냐? 비 맞을 대비도 돼 있느냐? 야간 산행용 랜턴은?" 하고 몇 번을 확인했다. 산행 시간만 12시간 쯤 걸릴 것이라 새벽에 출발하기로 했다. 산행 날 새벽 5시

50분, 함양군 금계마을 의탄교에서 만나 출발 예정지인 운서리 운암마을로 향했다.

마을 제일 윗집 앞에는 차량 몇 대를 세울 수 있는 공간이 있다. 배낭끈을 조이고 출발하며 시계를 보니 6시 50분이다. 등산로는 사람들이 거의 다니지 않는 길이라 나무와 풀이 무성하다.

『유산록』에 나오는 지장사, 선열암, 고열암 등의 암자들은 대부분 흔적도 없지만, 조선 초 지리산 자락에만 350여 개의 절이 있었다는 기록이 남아 있다. 작은 지계곡 옆에 서너 아름은 넘어 보이는 돌배나무가 있다. 1970년대 초 까지 화전민이 살던 마을터란다.

통제 구간인 계곡길 바위들은 손 타지 않은 이끼가 가득하고, 지천으로 널린 보라색 산수국은 숲을 화사하게 만든다. 1시간여를 꾸준히 올라 능선마루에 도착해 땀을 식힌다. 윤봉호 씨가 바로 아래 절터를 가보잔다. 희미한 산길 자국을 따라 20여m를 내려서다 나뭇가지들을 잡고 오른편 급사면을 치고 올라섰다.

아래에선 보이지 않던 20여m 높이의 절벽바위가 나오고, 과연 암자 하나 들어설 너른 터가 나온다. 이곳저곳 살펴보니 깨진 기와조각들과 바위 아래 숨겨져 있듯이 자연석을 두른 작은 샘터도 보인다. 샘물에 잠긴 낙엽들만 걷어내면 당장이라도 마실 수 있는 물이다.

절터를 벗어나 등산로는 능선으로 이어지지만, 안개비가 가득하여 주변 조망을 포기한 채 걷는다. 30여 분을 걸으니 10여m 바위에 붉은 글씨로 안락문(安樂門)이라 새겨져있다. 바위틈으로 몸 하나 통과할 만한 10여m의 길이 이어진다. 글씨는 일정한 깊이로, 기계를 이용하여 새긴 듯싶다.

안락문은 10여m 길이의 석문으로, 사람 하나 빠져나갈 너비다.

산행 시간만 6시간이 넘어서 계곡 옆 청이당 터에서 점심을 먹는다. 김종직도 당시 판자로 만든 당집이 있어 시냇가에서 쉬어 갔다고 적어놓았다. 승려 두어 명이 앞장서고 유극기, 조위 등 제자들과 아전들, 종복들까지 10여 명이 넘는 인원이었다.

550여 년 전 이 자리에서 쉬던 김종직은 '영남 사림파의 영수'로 불릴 정도로 학문의 깊이가 깊었다. 연산군 때 일어난 무오사화의 단초를 제공한

「조의제문(弔義帝文)」 필자로, 죽은 뒤 6년이 지난 그의 무덤까지 파헤쳐져 목을 베는 부관참시(剖棺凌遲)를 당했다. 「조의제문」이 세조가 단종을 죽이고 왕권을 차지한 것을 우회적으로 비판했다는 죄목이었다.

지리산 북쪽 능선은 해발 400여m 운암마을에서 출발하여 두류봉, 하봉, 중봉을 거쳐 천왕봉까지 꾸준히 올라야 한다. 7시간째 오름길을 걸으려니 북쪽 능선 첫째 봉인 두류봉 바위 턱에 올라서기에도 진땀이 흐른다.

수백 년은 넘었을 소나무가 바위틈에서 용틀임하며 자란다. 소나무를 잡고 정상에 올라섰다. 김종직도 이곳을 영랑재라 부르며 뒷사람은 앞사람의 발밑만 보고 나무뿌리를 부여잡고서 겨우 오르내릴 수 있었다고 쓰고 있다.

오늘은 안개비로 주변 조망 한 번 시원스레 못 하고 두류봉에 올랐다. 그때 갑자기 믿을 수 없는 광경이 눈앞에 펼쳐졌다. 운무가 걷히며 원시림 가득한 녹색바다 위로 지리산 주능선이 떠오르고 있었다. 일행 모두 "아- 지리산!"이란 감탄을 터트리며 넋을 놓았다. 이 풍광은 545년 전 김종직이 만났던 모습과 너무 흡사했다. 김종직은 『유산록』에 이렇게 기록해놓았다.

> 그때 운무(雲霧)가 흩어지고 햇살이 아래로 비추니, 산의 동쪽·서쪽 계곡이 환하게 열렸다. 멀리 바라보니 잡목은 없고 모두 삼나무·전나무·소나무·녹나무였는데, 말라죽어서 뼈대만 남아 있는 것이 3분의 1이나 되었다. … 산등성이에 있는 나무는 바람과 운무에 시달려, 가지와 줄기가 모두 왼편으로 휘어져 흰 머리카락이 바람에 나부끼는 듯

지리산은 주능선 길이만 25km가 넘는다. 지리산 종주를 많은 이들이 꿈꾸지만 그 의미는 각자 다르다.

하였다.

순간순간 변화하는 운무 속에 거대한 지리산은 살아서 꿈틀댄다. 발아래 깔리는 장엄한 풍광이 발길을 잡지만, 하봉을 거쳐 1857m 중봉에 올랐다. 이곳부터는 일반 탐방로로 개방이 되어 있어 동쪽 치밭목 산장을 거쳐 대원사로 등산로가 이어진다. 탐방 가능 구간에 들어서니 길이 잘 다듬어져 걷기가 한결 수월하다.

11시간 만에 천왕봉에 올라섰다. 시계는 저녁 6시를 가리킨다. 숙소인 장터목산장까지는 정확히 12시간이 걸릴 것이다. 흩뿌리던 비는 그치고 어둠이 서서히 다가오고 있다. 발아래 깔린 비구름들은 이리저리 뭉쳐 다닌

지리산에 운해가 깔렸다. 장엄한 풍광에 겸손히 두 손 모으고 그저 감탄할 따름이다.

다. 양팔로 안기에 딱 좋은 크기의 정상석 뒷면에는 '한국인의 기상 이곳에서 발원하다'라고 새겨져 있다.

짚신 신고 한복 차림으로 저녁 무렵 이곳에 오른 김종직은 손을 씻고 갓을 갖춰 쓴 뒤, 세 칸짜리 사당 건물에서 지리산 산신인 성모에게 고한다.

> 금년 중추(仲秋)에 남쪽 경내의 농사 작황을 둘러보던 중 우뚝한 봉우리를 우러러보고 간절한 마음이 절실하였습니다. … 보름달을 보지 못할까 두려워 마음이 조급하고 답답합니다. 삼가 성모님께 바라건대, 이 술을 흠향하시고 신령스러운 힘을 내리소서. 오늘 저녁에는 하늘이 활짝 개어 달빛이 대낮처럼 밝게 비추고, 내일 아침에도 만 리 밖까지 환히 트여 산과 바다가 저절로 또렷하게 해주신다면, 저희들은 장엄한 광경을 볼 수 있을 것입니다. 그러면 어찌 감히 그 큰 은혜를 잊겠습니까?

그는 천왕봉 사당에서 하루, 또 장터목 고사목 지대에 있던 향적사에서 하루를 더 묵으며 날이 개기를 기다려 천왕봉을 다시 올랐다. 두 번째 오를 때는 천왕봉이 지척에 있는데 힘써 오르지 않는다면 평생 답답한 마음을 씻어버릴 수 없을 것이라며 자신을 밀어붙였다. 그는 정상에 올라 멀리 북쪽의 거창 황석산, 무주 덕유산과 공주 계룡산, 그리고 서쪽의 광주 무등산, 남쪽의 광양 백운산까지 일일이 짚어가며 기록했다. 평생의 소원이었던 두류산 유람을 끝낸 후 김종직의 감회는 어땠을까?

나가서 노닌 것이 겨우 닷새밖에 되지 않는데, 완전히 가슴 속이 개운하고 신관이 맑아진 느낌이다. 비록 처자나 서리들도 나를 보면 역시 전날과 같지 않게 여기는 모양이다. 아! 두류산의 숭고하고 웅장한 모습은…

그는 두류산 산행을 4박 5일에 걸쳐 끝냈다. 산행 중에 만난 사냥꾼이나 화전민들의 피폐한 삶에 가슴 아파하며, 더 좋은 목민관이 되려고 고민도 하고, 큰 산에 다녀온 자신의 모습이 예전과는 다르다고 느꼈다. 우리도 1박 2일의 지리산 산행을 끝내고 다른 산행보다 더 뿌듯한 마음이 들었다. 아마도 선인(先人)의 맑은 마음과 정신을 함께했기 때문인 것 같다.

중산리 원점 회귀 코스 | 12.4km, 8시간 30분

중산리–칼바위–장터목–천왕봉–로타리–칼바위–중산리

지리산 천왕봉을 다녀오는 가장 짧은 코스 중 하나다. 당일 산행을 하려면 새벽에 출발해야 하며 중급 이상의 체력이 필요하다.

백무동 코스 | 7.5km, 5시간 30분

백무동 야영장–하동바위–소지봉–장터목–천왕봉

지리산 천왕봉 일출을 보려는 사람들이 가장 많이 이용하는 코스다. 서울에서 1박 2일 산행을 많이 한다. 동서울버스 터미널에서 백무동까지 정규 노선이 있다(1일 8회 왕복. 소요 시간 4시간). 서울에서 아침 버스를 이용하면 점심 무렵 백무동에 도착하고, 4시간쯤 오르면 저녁 무렵 장터목산장에 도착한다(산장 예약필수). 다음 날 새벽 천왕봉 일출 산행을 하고 오후에는 백무동에서 서울행 버스를 탈 수 있다.

소나무를 머리에 인 변산반도 솔섬의 낙조.

시와 사랑의 기생 매창 | 부안 **변산** | 邊山·508m

격포, 줄포, 곰소, 왕포…. 이름만 들어도 정겨운 바닷가 마을이다. 이 마을들을 두 팔 벌려 안아주는 변산은 서해안 제일의 풍광을 자랑하는 변산반도 꼭짓점이다. 내변산 산악지대와 외변산 해안지대를 묶어서 1988년에 변산반도 국립공원으로 지정되었다.

내변산 탐방안내소를 지나 바람소리길이란 산책로에 들어섰다. 대나무 숲길에서 들리는 쉬이~쉬이 바람 소리, 잠시 눈을 감으니 바람 소리는 마음까지 차분히 가라앉힌다. 바람 소리뿐이랴. 세상의 모든 움직임에는 소리가 있다. 겨울 산에 들면 눈 내린 뒤 툭툭 나뭇가지 부러지는 소리, 사그락 사그락 텐트를 두드리는 싸라기눈, 가루눈, 함박눈. 모두 제소리의 색깔을 갖고 있다.

오늘은 변산을 올랐던 수많은 선비를 잊고 다만 조선의 기생 매창(梅窓)을 찾아 나섰다. 1573년에 태어나 1610년 38세 나이로 요절할 때까지 많은 문인과 교류하며 수백 편의 시를 남겼던 매창. 기생 신분이란 한계를 넘어 첫사랑을 평생 가슴에 품고 살았던 그녀다.

첫사랑 촌은(村隱) 유희경(劉希慶, 1545~1636)은 천민 출신 시인이다. 아버지는 종7품의 벼슬아치였지만 어머니가 천민 출신이었던 모양이다. 매창도 아전인 아버지와 관기(官妓)인 어머니를 두었기에 숙명적으로 관기가 되었다.

신분도 비슷하고 타고난 글재주에 거문고, 노래까지 일품인 매창에게 유희경도 흠뻑 빠졌다. 훗날 유희경은 이 만남으로 평생 지켜오던 지조를 파계했다고 술회했다. 두 사람이 헤어진 것은 임진왜란 전이니 매창의 나이 17~18세 때 마흔 중반의 유희경을 만났으리라. 그들에게는 나이 차이야 대수롭지 않았다. 그가 한양으로 떠난 후 쓰린 가슴으로 써 내려간 이별 노래가 교과서에도 실렸던 「이화우(梨花雨)」란 시다.

이화우 흩날릴 제 울며 잡고 이별한 임
추풍낙엽에 저도 나를 생각는지
천리에 외로운 꿈만 오락가락 하더라

둘이 이별하던 날은 배꽃이 무던히도 흩날렸나 보다. 어느덧 낙엽이 가득한 가을이지만 임은 천 리 밖에 있고, 매창은 꿈속에서 몸부림칠 뿐이다.
길은 선인봉 아래 실상사로 이어진다. 대부분의 사찰은 경사를 이룬 산지에 자리 잡는데, 실상사는 평지 가람이다. 남원에 있는 실상사만큼이나 너른 절터에 덜렁 대웅전 한 채가 들어서 있다.

산중 호수인 직소보에 건너편 관음봉과 푸른 하늘이 가득 담겼다.

절에서 등산객을 위해 내놓은 보온통과 둥굴레차와 녹차가 보인다. 녹차 한 잔을 타서 쉬어 가려니 주변 풍광이 속속들이 들어온다. 빨간 열매가 주렁주렁 달린 감나무, 억새 너머로 불쑥 솟아오른 인장암 일대, 진분홍·연분홍·하얀 코스모스는 산책로에서 하늘거린다. 매창도 1607년 부안군수 심광세 일행을 따라 어수대를 거쳐 실상사로 온 흔적이 시 「어수대에 올라」에 남아있다.

천년 사찰 왕재암

애오라지 어수대만 남았네

지난 일 누구에게 물어보리

바람 맞으며 학을 불러보네

천 년 전에 왕이 머물렀다는 왕재암. 세월이 흘러 그곳도 사라지고 지금은 어수대만 남아 과거를 기억할 뿐이다. 신선이 타고 다닌다는 학이 오면 나도 그 학을 타고 탈속의 세계로 떠나겠다고 매창은 읊는다.

매창이 걸어 올랐던 봉래구곡에도 살포시 물안개가 깔렸다. 나무 틈 사이로 들어온 햇살은 고요히 계곡에 내려앉는다. 흐르는 물살은 햇살을 받아 반짝이고, 버들치들이 먹이 찾느라 분주한 계곡의 아침은 찬란하다.

산중호수인 직소보 옆으로 난 툇마루 산책길을 따라 직소폭포를 오른다. 가뭄으로 폭포 물은 끊겼지만, 수천만 년을 흘러내린 물줄기 흔적은 거대한 바위들에 용틀임 자국을 남겼다. 폭포를 지나 걷는 길도 유순하다. 산길이 너무 편안하니 오히려 길을 잘못 든 게 아닐까 싶다.

지도에서 내변산 탐방안내소의 시작점은 해발 60m이다. 첫 번째 고갯마루인 재백이재는 160m이니, 고작 100m 높이를 올라가는 게 전부다. 재백이재에서 관음봉 쪽으로 발길을 잡으니 본격적인 산행길이 시작된다.

관음봉을 크게 한 바퀴 휘감고 오르면서 풍광은 계속 바뀐다. 깊은 산중 풍경인 내변산을 내려다보며 걷다 보면, 이내 바닷가 풍경이 펼쳐지는 외변산으로 조망이 바뀐다. 관음봉 정상에서 양떼구름을 배경으로 사진 찍는 산객들 모습이 한 점의 작품이다.

눈 아래로 고창 땅과 곰소 사이를 지나는 곰소만이 강물처럼 반짝인

그곳에 오면 모든 것이 소생한다는 내소사. 불교에 심취했던 매창이 가끔은 들렀을 곳이다.

다. 옅은 안개가 끼어 흐릿한 풍광으로 비치는 걸 아쉬워하는데, 군산에서 혼자 왔다는 산행객이 망원경을 꺼내든다. '얼씨구나' 하는 마음에 옆에 붙어 이 풍경 저 풍경 물어보니 망원경을 건네준다.

자세히 보니 간척지의 논들은 질서정연하게 바다로 뻗어가고, 갯벌과 갯벌 사이로 지나는 곰소만에는 어선이 가득하다. 만선의 꿈을 안고 그물을 들어 올리는 어부들의 노랫소리가 들리는 듯하다. 아름다운 풍광 속에 사람들의 삶이 녹아있다. 관음봉에서 바라보는 곰소만의 풍광을 변산 제1경으로 꼽은 안내판이 옳았다.

그곳에 오면 모든 것이 소생한다는 내소사(來蘇寺). 불교에 심취한 매창이 가끔은 들렀을 곳이다. 매창은 29세에 당대의 문장가 허균(許筠)을 만나 불교와 참선을 배웠다. 허균은 매창을 처음 만난 날(1601년 7월 23일) 기록을 일기장 형식인 『조관기행』이란 책자에 남겼다.

> 23일. 부안에 도착했다. 비가 몹시 내려 머물기로 했다. (…) 거문고를 타고 시를 읊조리는데, 모습은 비록 대단치 않았으나 재주와 정감이 있어 함께 이야기할 만했다. 온종일 술잔을 나누고 시 읊기를 주고받고 했다. 밤에 침소에 그 조카를 들이니, 혐의를 피하기 위함이다.

허균이 본 매창의 얼굴은 대단치 않았다. 허나 거문고를 타는 재능과 품격 있는 시를 읊조리는 매창에게 시간이 지날수록 빠져들었다. 빗소리 속에 술잔을 주고받으며 허균은 매창을 마음으로 받아들이며 긴 세월 우정을 이어간다. 허균은 1908년 공주목사에서 파직당한 후 부안을 다시 찾았다. 두 사람은 변산을 두루두루 유람했던 듯하다. 함께 올랐던 월명암에서 매창은 시 「등월명암」을 지었다.

> 하늘에 기대어 절간을 지었기에
> 풍경소리 맑게 울려 하늘을 꿰뚫네
> 나그네 마음도 도솔천에나 올라온 듯
> 황정경을 읽고 나서 적송자를 뵈오리라

눈처럼 하얀 양떼구름이 퍼져가는 변산의 하늘.

『황정경(黃庭經)』은 고대 중국의 도교 경전이다. 적송자(赤松子)는 신선의 대명사다. 매창의 꿈이 어디에 있었나를 알 수 있다.

매창은 38세의 나이로 거문고를 안고 세상을 떴다. 그녀는 첫사랑 유희경을 평생 마음에 담았지만, 삶의 후반부에는 허균과의 플라토닉한 사랑이 더 컸던 것 같다. 매창의 부음에 누구보다 애통해한 건 허균이었다. 허균은 끓어오르는 슬픔을 억누르며 매창의 제단에 「애계량(哀癸娘)」(계량은 매창의 본명)이란 헌시(獻詩)를 썼다.

하늘이 열리는 시간, 변산 능선이 함께 일어난다.

아름다운 글귀는 비단을 펼친 듯하고
맑은 노래는 구름도 멈추게 했네
복숭아를 훔쳐서 인간 세계로 내려오더니
불사약을 훔쳐 인간 무리를 떠났는가
부용꽃 수놓은 휘장엔 등불만 어둡고
비취색 치마엔 향내 아직 남았네
이듬해 작은 복사꽃 필 때엔
누가 다시 설도의 무덤을 찾으랴

설도(薛濤)란 기생 출신의 당나라 최고 여류 시인으로 매창을 상징한다. 허균은 훗날 누가 다시 매창의 외로운 넋을 위로해줄까 슬퍼하고 있다.

조선의 관기는 세습이었다. 어머니가 관기면 딸도 관기가 되는 것이 숙명이었다. 관기는 국가의 공물이다. 벼슬아치들 뒷바라지와 잠자리까지 해야 했다.

그런 숙명을 거스르고 지고지순한 사랑을 추구하려 했던 매창, 얼마나 힘들었을까. 그의 순수함과 아픔을 생각하며 산행 출발점이었던 내변산 하산로로 들어서니 가을의 끝물이 주는 스산함이 가슴속 깊이 파고든다.

내변산-내소사 코스 | 5.9km 3시간

내변산분소－직소폭포－재백이고개－관음봉삼거리－내소사

변산 산행 코스 중 가장 인기 있는 길이다. 산중호수인 직소보를 거쳐 직소폭포를 보고 천년 고찰 내소사로 내려온다.

내소사 일주코스 | 4.1km 2시간

내소사－관음봉삼거리－재백이고개－원암탐방센터－내소사

내소사 전나무 숲에서 시작해 관음봉 삼거리를 돌아오는 원점 회귀 코스다. 오르기 힘든 관음봉을 생략한 채 관음봉 삼거리까지만 오른다. 하산길 구간도 편안하다. 초급자 산행에 적당하다.

내변산 원점회귀코스 | 9.2km 5시간30분

내변산분소－직소폭포－재백이고개－관음봉－세봉삼거리－내변산분소

관음봉까지 오르는 길보다 하산길에 오르막길과 내리막길이 많아 힘들다. 체력 안배를 적절히 하고 중급자 이상 체력이 필요하다.

제2부

山, 역사의 향기

걷기도 힘든 산비탈을 억척스레 깎아 만든 다랑논들에 둘러싸인 가천마을.
남해바다와 하나가 되어 한없이 정다운 풍경이다.

봉수꾼들이 지켜온 산 | 남해 **설흘산** | 雪屹山 · 482m

18 90년 조선을 여행한 영국 청년 새비지 랜도어(Savage Landor)는 『고요한 아침의 나라 조선』이란 여행기를 남겼다.

> 남산에는 다섯 개의 돌무더기가 세워져 있는데, 그 위로 횃불이 조선 왕국의 한쪽 끝에서부터 다른 끝단까지 전달된다. 즉 고요한 아침의 나라 안전이 이 다섯 더미의 돌에 달려 있어, 어두워진 밤 적막 속에서 타오르는 불을 지켜보는 것은 아름답고 기묘한 모습이었다.

이방인의 눈에 비친 남산 봉수대에 피어오른 횃불의 모습이다.

조선시대 봉화로 나라의 안위를 알리던 남녘에선 이제 횃불 대신 따스한 봄소식이 올라온다. 나는 봄 마중하러 남으로, 남으로 달려 설흘산으로 향했다. 설흘산은 동쪽으로 금산 앞바다의 앵강만, 서쪽으로 한려해상국립공원 여수만, 남쪽으로 드넓게 펼쳐지는 남해 바다를 품고 있다.

3월이면 설흘산 자락의 다랑논들은 진초록으로 물들고, 4월은 샛노란 유채로 뒤덮이며 푸른 바다와 어우러진다. 설흘산 입구 주차장에서 올려다보니 응봉산에서 설흘산으로 둥글게 이어지는 능선이 보인다. 응봉산 남동릉에 솟은 6개의 암봉인 육조능선은 제법 거칠게 보인다.

설흘산 서쪽은 짙푸른 다도해와 연결된다. 옅은 해무에 휩싸인 여수 돌산반도가 보인다.

선구리로 향하는 차도를 따라 200여m 걸으면 우측으로 경운기가 다닐 만한 시멘트 도로가 나온다. 이곳이 응봉산을 거쳐 설흘산으로 오르는 등산로 들머리다. 초입의 커다란 벚나무 앞에는 「응봉산 1.35km」라 쓰여 있다.

5분여를 걸으면 왼쪽으로 본격적인 등산로가 나온다. 좁은 등산로를 따라 차츰 고도를 높이면 가천 마을을 둘러싸고 있는 다랑논들과 남해 앞바다가 시원하게 다가온다. 마을을 둘러싼 다랑논들은 산기슭의 손바닥 만한 논들까지 개간되었다. 땅을 조금이라도 넓히려 90도의 석축을 쌓았다. 경운기는 들어 갈 수도 없어 소와 쟁기로 농사를 지으며 억척스럽게 일궈온 곳이다. 길도, 집도, 논도 산허리를 따라 구불거리며 바다를 바라보고 있다.

응봉산으로 오르는 등산로는 제법 가파르게 이어진다. 10여 분 가쁜 숨을 몰아쉬면 어느새 능선 삼거리다. 경상남도 119에서 설치한 위치표시는 B-1로 되어 있다. 여기부터 본격적인 바윗길의 시작이다. 응봉산 동쪽 사면은 다랑논도 들어서기 어려운 급경사 지역이고, 정상으로 다가서는 능선길은 바위들이 불꽃처럼 일어서 있다.

등산로는 서쪽 사면으로 안전하게 우회로로 이어진다. 오른쪽 바위지대에는 아기들의 움켜쥔 손 모양의 바위손이 피어 있다. 계절과 상관없이 물기가 없으면 죽은 듯 갈색으로 움츠렸다가, 비가 내리면 금세 본래의 푸른 모습으로 활짝 피어나는 것이 바위손이다. 바위손 가득 붙은 바위에 걸터앉으면 서쪽으로 길게 누운 여수 돌산도 일대가 한눈에 들어온다. 누군가가 쌓아 놓은 작은 돌탑 너머 아지랑이 핀 봄 바다에 어선 한 척이 미끄러져 간다.

10여 분을 더 오르니 응봉산에서 설흘산으로 이어지는 능선길이 가천 마을을 감싸 안은 채 둥그렇게 돌고 있다. 활처럼 휘어져 한눈에 들어온다. 그 정점에 설흘산 봉수대가 보인다. 왜구의 침입을 남해 금산과 여수 돌산도 봉수에 알리기 위해 설치된 곳이다.

봉수대는 고려 말부터 조선 말기까지 나라의 안전을 책임지는 군사 시설이었다. 밤에는 횃불로, 낮에는 연기로 이 땅의 안위를 임금에게 보고하던 곳이다. 한 줄기 연기가 오르면 조선 땅은 편안히 잠들 수 있었다.

그러나 두 줄기 세 줄기의 연기가 오르기 시작하면 나라는 급박히 돌아간다. 남쪽 바다 멀리 왜선이 나타나면 두 줄기, 왜선이 해안에 접근하면 세 줄기, 해안을 침범하면 네 줄기가 오른다. 접전이 벌어지면 다섯 줄기의 연

응봉산에서 설흘산으로 이어지는 능선. 가천마을을 활처럼 둘러싸고 있다.

기를 통한 소식들이 분초를 다투며 한양으로 올라갔다. 설흘산 봉수는 30리 떨어진 금산 봉수로 연결되어 사천, 진주, 청주, 경기도 광주에서 남산까지 총 150여 개 봉수대를 거치며 12시간 안에 임금에게 남녘 상황을 전했다.

육조능선 바윗길에 올라서니 골짜기까지 깊이 파고 든 편백나무 숲들이 가지런히 보인다. 1970년대에 조림된 숲이다. 등산로는 숲길과 암릉길을 아기자기하게 이어간다. 봄 준비를 못한 나목들 사이에서 초록빛의 동백잎들은 유난히도 반짝인다.

마지막 암릉을 올라 응봉산(472m) 정상에 섰다. 출발지에서 1.8km 거리다. 서쪽으로 여수 방면의 바다가 아름답게 펼쳐진다. 이곳에 서면 '빛나는 물'이란 의미의 여수가 얼마나 적확한 표현인지 알 수 있다. 반짝이는, 넓고 장쾌한 바다가 그곳에 있다.

정상에는 2m는 됨직한 돌탑이 쌓여 있고, 한쪽 구석에 놓인 아이스박스 두 개가 눈에 들어온다. 골판지에 「막걸리 무인 판매 5,000원」이라 적어놓았다. 한쪽 통에는 20여 병의 막걸리가, 다른 통에는 멸치와 풋고추, 고추장이 가지런히 들어 있다. 한쪽 구석으로 빈 막걸리 통 2개와 만 원 지폐도 보인다.

5000원을 넣고 막걸리 한 통을 집어 들었다. 마을에서 꽤나 유명한 유자 막걸리다. 따스한 봄 햇살을 온몸으로 받으며 들이키는 막걸리 한 사발에 몸이 듬뿍 담겨온다.

응봉산을 뒤로하고 설흘산으로 이어지는 동쪽 능선으로 내려섰다. 길은 호젓하고 편안하다. 풀숲 양지쪽에선 얼핏얼핏 초록의 싹들이 보인다. 겨우내 움츠리며 힘을 모았던 땅속에서 곧 터져 나올 제비꽃, 산자고, 현호색까지 모든 봄꽃들이 움틀 준비를 하고 있다.

등산로에 새로 깎아 세운 나무 장승은 이마에 빨간 곤지를 찍고 얼굴엔 웃음이 가득하다. 옆의 장승도 입과 콧구멍까지 벌어진 채 한껏 즐겁기만 한 표정이다. 몸통에 쓰여 있는 수처작주(隨處作主)란 글귀는 '머무르는

설흘산에 서면 서쪽으로 돌산도에서 이어지는 다도해 풍광이, 동쪽으로 노도를 중심으로 한 한려해상 풍광에 눈이 시리다.

설흘산 봉수는 부산 동래와 전남 순천 쪽으로 연결된다.
이 봉수들은 각 지역 봉수대를 거쳐 한양 목멱산(남산)에 도착한다.

곳마다 주인이 돼라'는 임제(臨濟) 선사의 글이다. 어떤 경우에도 삶에 끌려 다니지 말고, 주체적 인간으로 살면 그 있는 자리가 모두 진리의 삶이라는 뜻이다.

응봉산에서 30여 분 걸으니 곧게 뻗은 설흘산 오르는 길과, 오른편으로 가천 마을로 내려가는 길이 만난다. 가천 마을까지는 0.9km다. 직진하여 오르막을 10여 분 걸으니 길은 오른쪽으로 크게 휘어지며 본격적으로 설흘산 정상으로 오르기 시작한다.

안부(鞍部)에 불쑥 나타난 대나무 군락이 남도의 산임을 알린다. 빽빽한 대나무 밭에는 봉수꾼들이 지내던 막사 터의 흔적이 있다지만, 우거진 대나무 밭은 들어서기조차 어렵다. 대나무 군락에서 딱 5분을 더 오르니 설흘산 정상 봉수대다. 자연석 기단에 폭 7m, 높이 6m 정도인 원형 봉수대다.

『증보문헌비고(增補文獻備考)』에 따르면 1782년 조선의 봉수는 함경도 경흥, 평안도 강계, 의주, 전남 순천, 경남 동래까지 5개 노선으로 이어졌다. 총 673개의 봉수대가 거미줄처럼 얽힌 가히 봉수의 나라였다. 봉수대에 오르면 서쪽으로 응봉산 너머 여수 앞바다가 보이고 동쪽의 노도와 남해 금산이 한눈에 보인다.

남쪽 가천 마을은 가파른 다랑논들에 둘러싸인 채 바다와 하나가 되어 한없이 정다운 풍경을 보여준다. 이렇게 평화로운 마을에서도 봉수꾼들의 삶은 고되고 거칠어서, 사회적으로 천시 받는 신량역천(身良役賤) 중 하나였다. 노비를 면한 양인 신분 중에 가장 천한 일을 하는 계층으로 취급됐다. 당시 봉수꾼들의 고통이 얼마나 심했는지는 중종 때 14명의 무신들이 변방을 방비하는 계책을 임금께 전하는 편지에 잘 드러나 있다.

> 양계(평안, 함경지방)의 군민은 넉넉한 사람이 전혀 없습니다. 그중에도 봉수꾼은 가장 가난한데도 요역(徭役)은 무겁습니다. 추위와 더위를 구분하지 않고 항상 베옷을 입고 언제나 연대에 서 있어야 하기 때문에 고생이 다른 사람들보다 배나 됩니다. 심지어 성 위에서 얼어 죽는 사람도 많으니, 실로 이는 불쌍히 여길 만합니다.

이렇게 실상을 전하면서 무명옷이라도 배급해달라는 소(訴)를 올렸다. 봉수꾼의 운명을 타고난 그들은 조선이 1894년 봉수제도를 폐하면서 멍에에서 벗어났다. 전신 전화와 같은 근대 통신문물이 그들의 삶을 바꿔주었다. 오늘 봉수대에선 그들 대신 관광객들이 휴대폰을 들고 남해 바다의 소식을 전한다.

설흘산에 기대어 들어선 가천마을이 실루엣으로 잠길 때,
마을 앞 앵강만은 붉은 빛을 삼키고 어둠으로 빠져든다.

가천마을 원점회귀 코스 | 5km, 2시간 40분

가천마을 주차장–육조능선–응봉산–안부 삼거리–설흘산–조망대–가천마을

아기자기한 암봉이 늘어선 육조능선을 거친다. 바윗길은 주로 우회하게 되어있고 능선길은 편안하다. 초보자도 다닐 수 있다.

설흘산 최단 코스 | 2.5km, 2시간

가천 마을 주차장–안부 삼거리–설흘산–조망대–가천 마을

정상까지 가장 빨리 다녀오는 코스. 거리는 짧으나 경사가 급한 편이어서 천천히 걸어야한다.

선구마을 코스 | 7km, 4시간

선구 마을 느티나무–칼날 암봉–응봉산–안부 삼거리–설흘산–조망대–가천마을

설흘산을 제대로 산행할 수 있는 종주코스. 칼날 암봉에서 남해 쪽을 내려다보며 산행하는 즐거움이 있다.

1억 년 전 중생대 백악기, 공룡이 뛰어 놀던 때였다.
퇴적암층 호수였던 땅이 융기하며 솟아오른 숫마이봉은 크고 작은 자갈들이 뒤섞인 역암층이다.

돌탑의 나라 | 진안 **마이산** | 馬耳山·687m

평생 돌을 쌓은 사내가 있었다. 1890년부터 40여 년간 108개의 크고 작은 돌탑을 쌓았다. 가장 큰 탑은 높이가 13.5m에 달한다. 그 돌탑들은 이제는 전설이 되고 신화가 되어 수많은 관광객을 불러들이는 마이산의 보물이 되었다.

전북 진안 IC를 빠져나가며 왼쪽으로 우뚝 솟은 봉우리 두 개, 수마이봉과 암마이봉이다. 산의 형태가 말의 귀처럼 생겼다고 해서 마이산이다. 철 따라 부르는 이름도 다르다. 봄에는 쌍돛대 같다 해서 돛대봉, 여름에는 녹음 속에 솟은 용의 뿔 같다 해서 용각봉, 가을에는 단풍 든 모습이 말의 귀 같다 해서 마이봉, 겨울에는 하얀 눈 속에 검은 바위가 붓처럼 보여 문필봉이다.

마이산의 남부주차장에 차를 대고 매표소를 지나니 길은 두 갈래로 나뉜다. 포장로를 따라 탑사로 바로 오르는 길에는 상가에서 풍기는 음식 냄새가 가득하다. 상가 시작 전에 왼쪽으로 나 있는 길은 고향 마을을 찾아가듯 부드럽게 산등성이로 이어진다.

고향길 같은 왼쪽 길로 들어서니 근래 세운 부도 하나가 덩그러니 길손을 맞는다. 봄이 왔음을 제일 먼저 알리는 갯버들의 솜털이 역광에 반짝인다. 갈림길에서 300여m 걸으니 다듬지 않은 돌들로 자연스럽게 쌓은 돌계단

돌탑이 가득한 탑사로 들어서면 잠시 다른 행성에 온 듯하다.

길의 등산로가 시작된다. 서서히 고도를 높이며 200여m 오르니 고금당으로 오르는 갈림길이다. 왼쪽 길은 고금당을 거쳐 주능선으로 이어지고 오른쪽은 주능선의 전망대로 오르는 지름길이다.

겨울을 버텨낸 나목들이 봄 햇살을 받는 모습이 따사롭다. 나무에 손을 대보니 따듯함이 손끝으로 올라온다. 잿빛 날개 반짝이는 동고비가 다람쥐처럼 나무를 타고 내려오고, 산객은 콧노래를 흥얼거릴 만큼 완만한 숲길이다. 낙엽 가득한 숲속에 노란 물감을 뿌려놓은 듯 생강나무 꽃이 빛난다. 줄기를 긁어 냄새를 맡으니 알싸한 생강 냄새가 코끝에 풍겨온다.

매표소에서 20여분 걸었는데 어느덧 주능선이다. 조망이 트이기 시작하며 산과 산 사이 골로 파고든 남부 주차장과 상가 단지가 보인다. 4월 말이면 화사한 벚꽃 터널로 바뀌는 길이다. 골짜기 너머로 진안 덕태산(1,118m)과 임실 성수산(876m)이 보이고, 동쪽으로는 마이봉으로 이어지는 길과 멀리 전망대가 드러난다. 전망대가 올라선 거무튀튀한 바위가 마치 수면 위로 떠오른 고래 등걸을 연상시킨다.

등산로의 바윗길은 시멘트와 자갈을 섞어 놓은 듯한 역암 덩어리로 이루어져 있다. 그곳에 뿌리내리고 사는 소나무들은 한 뼘 한 뼘 몸을 키우기 위해 뒤틀리고 휘어진 모습이다. 주어진 최악의 조건을 이겨내며 꿋꿋이 버티고 선 모습이 아름답다.

20여m의 붉은 철 계단을 밟으며 전망대에 오른다. 등산로에 놓인 거대한 철 사다리들을 밟을 때마다 관광지 개념을 벗어나지 못하는 우리 수준에 아쉬움을 갖게 된다. 최소한의 안전시설물로 인간과 자연이 함께 가도록 만드는 선진국 수준까지는 언제쯤 도달하려나?

캐나다 로키에서, 유럽 알프스에서 만났던 허름한 통나무다리. 로프 한 가닥이면 그만일 곳에도 우리는 거대한 쇠사다리를 올린다. 여러 생각을 뒤로한 채 팔각 전망대에 섰다.

마이봉 가는 길에 있는 바위 군락이 보인다. 봉긋봉긋 솟은 바위들이 암군을 이루고, 뒤로 암마이봉이 살짝 얼굴을 내민다. 북쪽으로는 포항 익산 고속도로가 달리고, 건너편으로 진안읍이 소담스럽게 자리 잡고 있다.

전망대를 벗어나면 잠시 급사면 내리막길이다. 몇 번 오르내림 길을 거쳐 봉두봉(540m) 품에 든다. 사방으로 놓인 6개 벤치는 마이산의 구석구

전망대에서 능선들 너머로 바라본 마이봉. 암마이봉 뒤로 숫마이봉이 살짝 고개를 내민다.

석을 보라는 배려인 듯하다. 뒤를 돌아보니 봉우리 꼭대기에 올라선 전망대 팔각정이 가장 눈에 띈다. 올라올 때 고래 등걸 같았던 전망대 암봉 모습이 이젠 거대한 코끼리처럼 보인다.

암마이봉을 옆에 끼고 봉두봉을 내려선다. 가파른 내리막을 10여 분 내려서니 탑사 입구다. 거대한 역암 덩어리 아래 외줄 탑과 원뿔 탑 등 생김새도 크기도 제각각인 돌탑들이 골짜기에 빼곡하게 들어서 있다. 완전히 다른 행성으로 들어온 느낌이다.

탑사 측의 안내판에 따르면 석정(石亭) 이갑룡(李甲龍, 1860~1957)

마이산에는 원뿔형 탑 5기와 외줄 탑 80여 기가 있다. 가장 큰 원뿔형 탑은 13.5m에 이른다.

선생이 25세에 입산해 30여 년에 걸쳐 108기의 돌탑을 쌓았다. 현재는 원뿔형으로 쌓아 올린 탑 5기와 넓적한 자연석을 포개 쌓은 외줄 탑 80여 기가 남아 있다. 중앙 가장 높은 곳에 위치한 천지탑은 높이만 13.5m에 이른다.

석정은 고행과 기도의 생활 속에서 낮에는 돌을 나르고 밤에는 기도와 탑 쌓기를 계속했다. 축지법을 사용했고, 암수 마이봉을 명주실로 연결해 그 위를 걸어 다녔단다. 탑을 쌓아 올린 이갑룡 처사의 이야기는 호랑이를 거느린 산신이 되고, 불교와 도교 그리고 민속신앙까지 버무려져 도처에 둥둥 떠다닌다.

반면 진안향토사연구소 소장 최규영 씨는 "탑을 쌓은 사람은 이갑룡 처사로만 알려져 왔으나 여기에는 허점이 많다"고 지적한다. 지역 고로(古老)

자갈이 섞인 역암에서 수천만 년에 걸쳐 자갈뭉치들이 떨어져 나가 벌집 같은 작은 굴들이 생겼다.

들에 따르면 이갑룡 이전에도 탑이 존재했다는 이야기와 기록들이 나온다는 것이다. 조선시대 하립(河昱, 1769~1831)이라는 이 지역 문인이 쓴 『담락당운집(湛樂堂韻集)』에 적힌 「속금산(마이산) 속에 탑이 줄줄이 서 있는데 / 단풍나무 숲 속에서 저녁 종소리 듣네」라는 구절처럼 여러 탑의 존재를 드러내는 기록이 발견된다고 한다.

석정이 수많은 돌을 축지법을 이용해 나르고 쌓았다지만 기단(基壇)의 1톤이 넘는 돌들을 설명하기에는 부족하다. 도대체 누가 언제 왜 쌓아 놓은 탑일까. 많은 학자들은 탑사의 탑들이 불탑이나 서낭당 같은 민간 신앙적 탑과는 거리가 멀고, 풍수사상에 의한 비보탑(裨補塔)일 것이라는 주장을 가장 설득력 있게 받아들인다.

나아가 그 비보의 목적은 인근에 동네가 없었으므로 동네 차원의 비보가 아니라, 국토의 나쁜 기운을 막고 허한 곳을 보강하기 위해 왕조 차원에서 쌓았으리라는 추정이 유력하단다. 진안 일대는 마을을 보호하는 비보숲이 전국에서 가장 많은 곳으로도 꼽힌다. 신비스러움을 포장하기보다, 철저한 고증을 통해 각종 의혹을 풀어줄 때 그 가치는 더욱 높아지리라.

1억 년 전에 솟구친 마이산 남쪽 암봉들이 거대한 왕릉처럼 보인다.

국토의 허한 곳을 보강하려던 선조들의 정신과, 또 평생 돌탑을 쌓으며 수도 정진했던 이갑룡 선생의 극진한 마음까지 우리의 소중한 문화유산이다. 그 결정체인 돌탑들은 100여 년이 넘는 세월을 지키며 현실 속에 서 있다.

탑사를 거쳐 암마이봉으로 향한다. 암마이봉과 수마이봉 사이의 안부, 천황문에 섰다. 천황문은 일반적인 문이 아니다. 물이 갈라지는 분수령이다. 암마이봉 북쪽으로 흐르는 물은 금강, 수마이봉 남쪽으로 흐르는 물은 섬진강의 원류가 된다. 마이봉을 가까이에서 보면 사람이 대충 시멘트와 자갈을 섞어 만든 인공 암벽처럼 보이고, 거대한 역암 덩어리엔 숭숭 구멍이 뚫려있다.

1억 년 전 호수였던 이곳이 융기하면서 자갈이 섞인 역암층이 형성됐고, 암석의 자갈 뭉치가 수천만 년간 떨어져 나가면서 벌집처럼 숭숭 뚫린 구멍들이 생겨난 것이다. 이런 현상을 타포니(Taffoni)라고 한다. 이 거대한 역암 덩어리는 땅속에 잠긴 부분까지 합하면 1,500m에 이를 정도로 엄청나다고 한다. 좌측의 암마이봉으로 오르는 길은 매트와 목재 데크가 번갈아 깔려 있어 30여 분을 쉬엄쉬엄 오르면 된다.

고도가 높아지면서 좌측의 수마이봉도 눈높이가 비슷하게 느껴진다. 넉넉한 정상 터에는 「암마이봉 686m」로 표시된 2m 크기의 정상석이 서 있다. 서쪽으로는 지나온 산줄기가 아기자기하게 늘어선 것이 보인다. 1억 년 전에 솟구친 남쪽의 암봉들이 오후 햇살을 받으며 거대한 왕릉들처럼 수많은 이야기를 담고 서 있다. 그 암벽 아래 100년을 훌쩍 넘긴 탑들이 또 다른 이야기를 전해준다.

1코스 | 9.6km. 5시간 30분

함미산성－광대봉－고금당－전망대(비룡대)－봉두봉－탑사－암마이봉

산꾼이라 부를 만한 등산객들이 이용하는 코스. 주로 단체 산악회에서 이용한다.

2코스 | 4.5km. 3시간

남부주차장－매표소－전망대(비룡대)－봉두봉－탑사－암마이봉

번잡한 상가를 거치지 않고 산행을 시작한다. 이용자가 많지 않아 호젓한 산행이 가능하다.

3코스 | 3km. 1시간 20분

남부주차장－매표소－상가 단지－금당사－탑영제－탑사－암마이봉

마이산 탑사를 보고 마이봉을 오르는 최단코스다. 관광객들은 주로 탑사에서 하산하고 등산객들은 암마이봉까지 30여분을 더 올라간다.

해발 300m에 늘어 선 고인돌 군락

강화도 **고려산**

高麗山, 436m

2000년 11월 유네스코 세계문화유산으로 지정된
고려산 고인돌.

강화도 고려산, 고려시대의 그 고려와 한자 표기가 똑같다. 고려 왕조는 몽골의 침입에 대비해 도읍지를 강화도로 옮긴 적이 있다. 고종 19년(1232년)부터 원종 11년(1270년)까지, 개경(開京, 지금의 개성)으로 환도하게 되는 38년 동안 강화도는 피란지 임시수도였다.

그렇게 도읍을 옮긴 2년 뒤 고려궁을 축조하면서 마주 보이는 산을 고려산이라 불렀다. 이 산은 높이 436m에 불과하지만 유네스코가 2000년 세계문화유산으로 지정할 만큼 특별하다. 산속에 세 군데나 있는 고인돌 군락 때문이다. 한반도는 세계의 8만여 기 고인돌 가운데 40% 이상이 모여 있는 고인돌 왕국이다. 그중에서도 해발 200~300m의 고지대에 놓인 고인돌은 우리나라에선 고려산이 유일하다.

산행 들머리인 고천4리 마을회관 앞에 차를 세웠다. 회관 2층에 달린 태극기는 미동도 없고, 아침을 맞는 새들은 분주하기만 하다. 회관 옆에서 보니 동쪽 고려산 정상 레이더 기지에서 서쪽 낙조대 조망대까지 고려산 능선이 한눈에 들어온다. 양팔을 벌리니 너울 치듯 넘어가는 능선이 한 아름에 들어온다.

회관에서 100여m 걸으니 갈림길 표지판이 나온다. 적석사 사적비까지 1.9km라는 안내문을 읽으며 왼편 낙조대 가는 길로 들어섰다. 산기슭은

고려산 7부 능선에 들어선 적석사. 고구려 장수왕 때인 416년 천축조사가 창건하였다고 한다.

이미 다양한 빛깔로 바뀌고 있었다. 연둣빛에서 녹색으로, 그리고 진초록까지 숲은 제 나름의 색들을 뿜어내고 있었다.

마을을 빠져나올 즈음 이방인을 물끄러미 바라보는 당나귀와 눈이 마주쳤다. 코와 눈 주위, 그리고 배 쪽만 허연 털로 덮인 당나귀의 모습이 참 순박하게 여겨진다. 동네 개들이 짖어대고 닭들과 외양간의 소까지 덩달아 울어댄다. 전원주택 단지로 바뀌어가는 고촌리지만, 자신들이 마을의 주인임을 알리려는 듯 동네 가축 모두가 나선 듯하여 슬그머니 웃음이 나왔다.

작은 언덕을 넘어서니 「낙조대 800m」란 표지판이 나온다. 눈을 드니 능선 서쪽 끝으로 전망대가 보인다. 낙조대 아래 적석사까지 급경사 길은 시멘트 포장이 되어 있다. 자동차 한 대가 힘겹게 오르던 길을 따라 20여 분 걸어 오르니 도로가 오른쪽으로 크게 꺾이면서 갑자기 눈앞이 시원해진다.

적석사의 영산홍 정원이다. 분홍, 빨강, 흰색까지 원색의 물감을 칠해 놓은 듯하다. 연산군(재위 1494~1506)이 후원에 1만 그루나 키우며 감상했다던 바로 그 영산홍이다. 7부 능선 가파른 경사지에 들어선 절이지만 차량 20여 대는 주차할 만한 넓은 공간이 있다. 주차장 옆 찻집에서 들리는 은은한 찬불가가 마음을 가라앉힌다. 높은 축대 위에 올라선 대웅전 마당에는 석탄일을 앞두고 오색 연등이 줄줄이 걸려 있다.

마당 한가운데 석탑은 보이지 않고 300여 년 된 느티나무 두 그루가 서 있다. 부부목이란다. 설명을 곁들인 이런 문구가 눈길을 끈다.

> 그대 곁 나여서 한없이 미안하고, 내 곁 그대여서 한없이 고마워하며, 적석사 법당 앞을 수백 년 지켜온 부부목 닮아 부디부디 행복하게 해로(偕老)하시라.

정갈하게 다듬은 돌계단 길을 올라 낙조대 보타전에 섰다. 서쪽의 내가 저수지를 중심으로 넓은 농경지 풍광이 펼쳐지고, 바다 건너 석모도 쪽 석포리 포구와 해명산이 보인다. 강 같은 바다 풍경이 정겹다.

낙조대에서 왼쪽으로 5분여 오르니 낙조봉이다. 민대머리처럼 둥근 봉우리에 표지판 몇 개가 서 있다. 낙조봉에서 동쪽으로 보이는 고려산 정상까지 2.7km이다. 북쪽으로는 잘 정리된 논밭이 바둑판처럼 펼쳐진다. 논밭 건너편으로 바위들과 어우러져 골격미(骨格美)까지 갖춘 291m의 봉천산이 서해 바다를 향해 봉긋 솟아 있다.

적석사에서 100여m 돌계단을 오르면 야외 법당인 보타전 낙조대가 나온다.
석모도 쪽으로 저무는 낙조는 강화 팔경의 하나다.

잠시 오르내리며 30여 분 걸으니 고촌리 고인돌 군락이다. 주변에 두 군데의 고인돌 군락지가 더 있다. 이곳이 유네스코가 세계문화유산으로 지정한 곳이다. 3,000여 년 전 고려산 일대에 무슨 일이 있었기에 해발 300여 m에까지 고인돌을 세웠을까. 저들은 누구일까?

돌들은 저마다 고유 번호가 있다. 84번 돌은 7~8m 크기의 덮개돌만 보인다. 88번 돌은 땅 속에 묻힌 채 30여cm만 밖으로 드러났다. 고인돌 사랑회 김영창 회장에 따르면 고인돌 주변에는 집터로 추정되는 자리와, 채석장의 명확한 흔적들이 나온단다. 고인돌의 크기가 작아 도굴꾼들이 한 번씩

북녘 땅이 손을 흔들면 보일 듯한 거리다.
한줄기 한강 너머로 이름도 익숙한 연백평야와 예성강, 해창리, 개풍군이 눈에 들어온다.

뒤진 듯해서 유물도 없단다.

학계에서는 고인돌은 일반인보다 제사장이나 부족장, 또는 전쟁에서 죽은 전사자와 영웅들이 묻힌 걸로 보는 견해가 많다. 돌의 크기가 작은 이곳은 천수를 다하고 돌아가신 조상들의 무덤일까, 아니면 전몰자들의 무덤일까? 왜 하필 높은 산에 고인돌을 만들었을까?

강화도는 고대에는 수십 개의 섬이었고, 서남부 지역은 그냥 갯벌일 뿐이었다고 한다. 그런 곳을 고려 때부터 매립하고 개간하여 지금의 강화도가 되었다. 고인돌 시대에는 평지가 드문 산악지형이었기에 해발 300m의 고인돌 군락이 형성된 것으로 여겨진다.

꽃놀이 인파가 떠나간 고려산은 차분함을 되찾고 있었다. 순한 흙길로 이어지는 능선길에는 연둣빛 새잎들이 반짝인다. 정상 오르기 직전의 소

나무 군락은 밑동부터 세 갈래, 네 갈래로 갈라져 자라는 반송(盤松)이 지천으로 널렸다. 한 그루의 나무가 몇 대에 걸쳐 주변에 후손들을 뿌린 모양이다.

마닐라 삼으로 짠 매트가 깔린 길을 밟고 등성이에 올라서자 정상의 군부대가 확연히 보인다. 숲속 한가운데로 들어선 나무 데크로 많은 사람들이 걷고 있다. 조망대에 서니 한 줄기 강 건너편에 이름도 익숙한 북녘의 연백평야와 예성강, 해창리, 개풍군이 한눈에 들어온다.

하산 후 우리나라 고인돌의 상징인 부근리 고인돌(사적 137호)로 향했다. 고려산 북쪽 기슭에 있는 부근리 고인돌은 남한에서 가장 큰 탁자식 고인돌로, 크기뿐만 아니라 조형미까지 완벽하다. 덮개돌만 길이 7.1m, 높이 2.6m, 너비 5.5m로 53t의 무게가 나간다.

세계문화유산인 고인돌들은 저마다 고유 번호가 있다. 덮개돌이 갈라진 81번 돌.

전북 고창에서 고인돌 끌기 시험을 한 결과, 한 사람이 끌 수 있는 돌의 무게는 120~160kg 정도였다. 밧줄로 53t의 덮개돌을 끌어당기는 데만 350여 명이 필요하다는 계산이 나온다. 거기에 지휘를 하고, 통나무를 대고, 식량을 지원하는 사람들까지 합친다면 적어도 장정 500명은 동원됐을 것으로 추측된다. 장정 한 사람이 속한 가족을 4명으로 잡아도 이 고인돌의 주인은 2,000명 이상을 거느린 막강한 족장쯤으로 추정해볼 수 있다.

부족의 힘이 크면 클수록, 더 크고 무거운 돌로 고인돌을 만들고 제를 지내면서 더 강력한 신의 보호를 원했으리라. 산 속에서 만난 크고 작은 고인돌 하나하나는, 저마다 이 땅을 일구며 살아온 조상들의 이런저런 사연을 들려주는 것 같았다.

고려산은 전국에서 손꼽는 진달래 명산이다.
산 전체가 분홍빛으로 물들 때는 넓은 데크길도 통제가 필요하다.

청련사·백련사 코스 | 2.6km, 1시간20분

청련사－고려산 정상－백련사

청련사까지 차량을 이용할 수 있다. 길도 평탄하여 가장 쉽게 고려산 다녀오는 코스.

미꾸지 고개 코스 | 6.1km, 2시간 30분

미꾸지고개－315봉－낙조봉－고인돌 군락－갈림길－고려산 정상

낙조봉은 석모도 쪽으로 지는 해를 바라보는 풍광이 일품이다. 낙조만 보려면 적석사까지 자동차로 오르면 된다. 미꾸지 고개에서 정상까지 걷는 코스는 고려산을 제대로 밟는 종주코스다.

고천4리 원점회귀 코스 | 8.3km, 3시간 20분

고천4리 마을회관－적석사－낙조봉－고인돌 군락－갈림길－고려산 정상－갈림길－제1고인돌군－고천4리 마을회관

승용차 이용 시 편리하다. 낙조대와 고인돌 군락도 골고루 보는 고려산 알짜 코스다.

여름날 석 달 열흘을 꽃 피운다는 백일홍.
내장사 주변을 꽃분홍으로 물들이고 있다.

나라의 보물을 지켜낸 두 선비 | 정읍 **내장산** | 內藏山·764m

4월 23일, 땅 속에 숨겨놓은 경북 성주의 『조선왕조실록』이 불에 탔다. 4월 28일, 신립 장군이 충주 탄금대 전투에서 패하며 충주의 실록도 멸실되었다. 5월 2일, 한양 춘추관의 실록도 불에 탔다. 남은 건 전주사고(全州史庫) 실록 한 질뿐이었다.

1592년 6월 중순, 왜군이 진안을 거쳐 전주를 위협하는 급박한 상황이었다. 다급함 속에 전라감사 이광(李洸)은 전주부윤 권수(權燧), 경기전(慶基殿) 참봉 오희길(吳希吉) 등과 함께 전주 경기전에 모셔진 태조 어진(御眞)과 전주사고에 보관 중인 실록의 피란처에 대한 대책을 숙의하고 있었다.

이때 태인의 유생 손홍록(孫弘祿)과 안의(安義)가 자원을 한다. 하인들을 데리고 온 그들은 사재를 털어 수십 마리의 말과 인원을 동원했다. 짐을 최소화했지만 궤짝으로 따지면 60여 궤, 책 수로 따지면 실록이 805권, 고려사 등과 기타 전적이 538권 분량이었다. 사람이 짊어지고 말에 실어 1주일 동안 정읍 내장산의 깊숙한 곳, 금선계곡 용굴암으로 『조선왕조실록』과 태조의 어진을 피란시켰다.

내장산은 전북 정읍시 남쪽에 자리 잡고 있다. 전남 순창군과 경계를 이루며 해발 600~700m급 8개 봉우리가 둥글게 이어진다. 내장산의 '내장(內藏)'은 골짜기마다 숨겨진 비경이 끝이 없다는 의미를 담고 있다. 내장

일주문을 넘어서면 108그루의 단풍나무가 터널을 이룬다.

사의 옛 이름은 영은사(靈隱寺)로 '신령(神靈)을 숨기고 있다'는 뜻이니 예나 지금이나 '숨기고 감추어 간직하는' 뜻만은 변함없다. 말발굽처럼 둥근 능선 한가운데 내장사가 자리 잡은 국가 대표급 단풍 명산으로 꼽힌다. 1971년 백양사 지구와 함께 국립공원으로 지정되었다.

내장산 탐방안내소 앞 주차장에 차를 세우고 단풍나무 터널로 들어섰다. 100여m의 단풍길을 지나니 내장사 일주문이다. 속세와 불계를 가르는 문이다. 일주문부터 천왕문으로 들어가는 300여m 산책로에는 1958년에 심어진 108그루의 단풍나무가 반겨준다. 길을 걸으며 중생이 겪는 108가지 번

정상인 신선봉에 서면 망해봉, 불출봉, 월영봉까지 4km 능선이 한눈에 들어온다.

뇌에서 헤어 나오라고 심었다. 산책로 주변은 오렌지 빛 상사화(相思花)로 가득하다. 꽃과 잎이 나오는 시기가 달라 서로가 그리워한다는 상사화, 꽃말도 '이루어질 수 없는 사랑'이다.

천왕문 앞에서 길은 두 갈래로 나뉜다. 오른쪽 길은 원적계곡을 지나 내장산 북쪽 능선인 불출봉, 망해봉 쪽으로 오르는 길이다. 왼편은 금선계곡을 따라 내장산 최고봉인 신선봉(763m)이나 까치봉으로 오르는 길이다. 오늘은 『조선왕조실록』이 옮겨졌던 금선계곡을 따라 오른다. 곳곳이 단풍나무 군락이다. 내장산에서 가장 아름답게 자란다는 280세 단풍나무는 급사면에 비스듬하게 자리 잡았다. 튼실한 6개 가지는 힘차게 뻗어 올라 23m 크기로 주변을 압도한다.

맨몸으로 접근하기도 힘든 수직벽 용굴암. 벼슬도 없는 선비들이 전주에 있던 이성계의 어진과 『조선왕조실록』 60궤짝을 내장산 용굴암으로 옮겨 지켜냈다.

금선계곡에 놓인 다리를 지그재그로 여섯 번 건넜다. 금선폭포 가는 길과 신선봉 정상으로 오르는 등산로 갈림길이다. 왕조실록을 보관했다던 용굴암이 바로 앞이다. 2년 전 왔을 때 새로 놓던 계단이 보인다. 당시 현장 직원은 길이 없어 위험하다고 몇 번씩 강조했다. 그의 말이 아니라도 잔돌들로 이루어진 너덜지대를 100여m 오르려니 몸은 자연스레 움츠러들고 엉금엉금 기어서 올랐다.

새로 놓은 가파른 목조 계단은 천상으로 연결되는 듯 끝이 보이지 않는다. 70여m 사다리를 올랐다. 용굴 입구는 3m 높이에 폭 10여m쯤 된다. 깊이가 7~8m로 굴이라기보다 바람막이만 하면 생활할 수 있는 아늑한 토굴이다. 이웃한 용굴암 터는 10여 평 남짓한 평지로 동쪽과 남쪽이 절벽, 북쪽은 바위지대인 금경사 지대다. 맨몸으로 접근하기도 힘든 용굴암으로 60궤짝의 『조선왕조실록』과 어진이 옮겨졌다. 실록과 어진은 용굴암에서 더 험준한 은적암으로, 비래암으로 자리를 바꾸면서 380여 일간 내장산에 보관됐다.

용굴암에 도착한 손홍록과 안의 두 사람은 실록 옆에서 먹고 자며 하루도 자리를 비우지 않았다. 1592년 6월 22일부터 실록이 강화로 옮겨가던 1593년 7월 9일까지 380여 일을 지켰다. 당시 손홍록이 56세, 안의가 64세였으니 결코 쉽지 않은 일이었을 것이다.

실록을 지키는 데에는 이 두 사람의 노력만 있었던 것은 아니다. 내장사 주지였던 희묵대사(希默大師)와 승병, 정읍 지역의 이름 없는 농민과 노비, 심마니들까지 100여 명이 실록을 옮기고 지키는 일을 수행하였다. 이 기록은 손홍록과 안의가 실록을 지키며 임진년과 계사년에 쓴 『임계기사(壬癸記事)』에 나온다.

거기에 나오는 「수직(守直)상체일기」는 실록을 지키면서 기록한 일종의 당직 근무일지다. 수직이란 잠을 자지 않고 서서 지켰다는 뜻이다. 이 책에 안의가 227일, 손홍록이 196일간 수직했다는 기록이 적혀 있다.

용굴을 나와 신선봉으로 오른다. 계절이 바뀌며 짝 찾기에 분주한 풀벌레 울음소리가 산중에 가득하다. 몇 번 헉헉대며 돌계단 길을 40여 분 오르니 정상인 신선봉(763m)이다. 머리 위로 잠자리들이 분주히 날고 파란 가을 하늘이 높다. 정상석(頂上石)이 특이하게 길게 누워 있다. 가슴 높이의 정상석은 폭이 3m 정도다.

세월의 이끼가 가득 낀 내장사 부도.
업력을 많이 쌓은 스님들은 생사윤회의 수레바퀴에서 벗어날 수가 있다고 한다.

700여m 높이지만 골과 숲이 깊어 안 내(內), 감출 장(藏) 자의 내장산으로 불리게 되었다.

북쪽으로는 불출봉과, 병풍 같은 암벽이 농기구인 써레를 닮았다는 서래봉 능선이 보인다. 정상 부근에도 단풍나무들이 따라 올라왔다. 우리나라에 자생하는 단풍 종류는 30여 종. 그 중 70% 이상이 내장산에서 자생하여 이 산을 나라에서 으뜸인 단풍 명산으로 만들었다.

하산길로 동쪽의 연자봉을 택했다. 편안한 능선길에 빨간 마가목 열매들이 떨어져 있다. 30여 분을 걸어 연자봉에 닿았다. 시원하게 펼쳐진 조망에 속이 후련하다. 좌로부터 망해봉(679m)에서 불출봉(622m), 서래봉(624m), 월영봉(427m)까지 4km 능선이 한눈에 들어온다.

서래봉 6부 능선에 자리 잡은 벽련암이 짙은 녹색 바다에 떠 있는 한 척의 용선(龍船)처럼 여겨진다. 연자봉에서 케이블카가 있는 전망대 쪽으로 하산길을 잡았다. 등산로에는 동남아에서 수입한 야자매트 까는 작업이 한창이다. 파란 눈의 외국인이 웃통을 벗은 채 큰 돌을 옮기고 있다. 우즈베키스탄에서 온 마마샬리프 아담이다. 한국말이 능숙하다.

27세의 그는 스무 살에 한국에 와 5년간 마산에 있는 삼성자동차 부품 공장에서 일했다고 한다. 돈을 모아 고향에 돌아가 결혼하고 아들도 낳고 1년 만에 다시 나왔다. 이제 두 살이 된 아들 유스베크도 고향에서 잘 자란다며 사진을 꺼내 자랑한다. 그는 고향으로 가지 않고 한국 땅으로 가족을 불러올 꿈을 가지고 있다. 그의 등짝에 송골송골 맺힌 땀방울만큼 꿈이 이루어졌으면 좋겠다.

1592년 왜적을 피해 『조선왕조실록』과 어진을 들고 선조들은 온 산을 헤맸다. 사재를 털고 목숨을 걸고 역사를 지켜낸 선조들이 있었기에 귀중한 나라의 보물이 살아남아 유네스코 세계 기록문화 유산으로 등재되었다.

신선봉 연자봉 코스 | 6.4km, 4시간

일주문 – 금선계곡 – 용굴암 – 신선봉 – 연자봉 – 전망대 – 내장사

왕조실록이 보관됐던 용굴암 터를 볼 수 있고 내장산 최고봉인 신선봉을 오르는 최단 코스다. 급사면이 많아 중급자 정도가 산행하기 좋다.

전망대 코스 | 1.8km, 1시간

탐방안내소 앞 – 케이블카 – 전망대 – 내장사 – 탐방안내소

노약자와 어린이들도 이용하기 편한 코스다. 케이블카를 왕복권으로 끊고 300m 거리의 숲길을 걸어 전망대만 다녀올 수도 있다.

능선 일주 코스 | 11.7km, 7시간

일주문 – 서래봉 – 불출봉 – 신선봉 – 연자봉 – 장군봉 – 동구리

능선까지 오르는 길이 다소 어렵고 능선 종주길은 순한 편이다. 내장산 8봉우리의 맛을 즐길 수 있지만 산행 시간이 길어 상급자들이 즐겨 찾는다.

글자가 확인되지 않아 '몰자비'라고도
부르며, 설인귀에 대한 설화들이
가득 전해온다.

당나라 설인귀를 찾아서 | 파주 **감악산** | 紺岳山·675m

단풍이 온 산하를 물들이는 10월, 한 사람의 중국인을 찾기 위해 경기 파주 감악산을 올랐다. 668년 고구려를 멸망시킨 당나라 장수 설인귀(薛仁貴, 613~683)를 처음 만난 것은 20여 년 전 파주시 북단에 있는 감악산에서다. 그때 정상에 우뚝 선 비석 하나. 초록색 안내판에는 당나라가 신라를 도와 고구려를 멸망시킨 후 안동도호부(평양)를 설치했고, 당시 책임자였던 설인귀의 비(碑)라는 설명이 있었다.

감악산은 설인귀를 산신으로 모신다는 설명도 있었다. 그는 어떻게 조선에서 산신의 경지까지 올랐을까? 출렁다리도 건너보고 설인귀비도 다시 볼 겸 산행에 나섰다.

오전 중에 날이 갤 것이라는 일기예보를 믿고 도착한 감악산 주차장은 간밤의 세찬 비로 어수선했다. 매점을 운영하는 아주머니는 "어휴~ 간밤에 폭우가 쏟아졌어요. 새벽에 두 번이나 가게에 나와봤어요"라며 손사래를

친다. 하늘은 아직도 먹구름이 가득하다.

출렁다리로 오르는 길은 두 개다. 나무계단을 이용하거나 잣나무 군락 사이 오솔길이 있다. 잘 다듬어진 황톳빛 오솔길로 200여m를 오르니 사람들로 붐비는 출렁 다리가 보인다. 난간을 붉은색으로 단장한 다리는 폭 1.5m, 길이 150m에 이른다. 기둥 하나 없이 부드럽게 늘어진 다리 위에는 난간을 잡고 조심조심 한 걸음씩 옮기는 사람, 열심히 발을 구르며 다리를 흔들어대는 사람 등 다들 시끌벅적한 잔칫집 분위기다.

등산로 옆 쑥부쟁이들이 간밤에 내린 폭우에 쓰러져있다. 다리에서 10여 분 걸으니 범륜사다. 절 뒤편 봉우리들은 운무에 휩싸여 희미한 형체들만 보인다. 숲의 색과 냄새는 더 짙어진다. 국내 숲 체험장들을 가면 소리, 감촉까지 숲과 교감하는 시간을 갖는다.

우리가 아이와 손을 잡으면 체온을 느끼고 정신적 교감이 되듯이, 숲과 손을 잡으란다. 솔숲 사이를 스치는 바람소리를 송뢰(松籟)로 부른다는 말도 처음 들었다. 숲속에서 느릿하게 움직이거나 고요하게 멈추며 잠자던 오감을 살려내는 게 힐링이다.

범륜사에서 30여 분 오르니 만남의 숲이다. 주변엔 아직 색이 들지 않은 단풍나무들이 지천이다. 운무가 낀 숲 사이로 한 줄기 햇살이 파고들며 설핏 푸른 하늘이 보인다. 전망대를 향한 발걸음이 급해진다.

비 그친 뒤 산행은 운해(雲海)를 볼 수 있는 절호의 기회다. 장군봉에 올라서니 운무가 걷히고 있었다. 간밤 내린 폭우로 땅 위의 소란스러움은 모두 씻기고, 피어오르는 운무 아래 맑은 산하가 열리고 있었다. 적성면 일대의 사기막골, 설마치고개, 신암저수지가 눈에 박히도록 선명하게 보인다. 장

길이 150m인 출렁다리 글로스터교. 6·25전쟁 당시 652명의 병력으로 중공군 3만여 명과 맞섰던 영국 글로스터 부대를 기리기 위해 붙인 이름이다.

군봉과 임꺽정봉, 그리고 540m 봉까지 바위 봉우리마다 자리 잡은 소나무들이 용틀임을 하며 자라고 있다. 어떤 나무도 살 수 없는 척박한 바위틈에 우리 민족의 나무인 소나무만은 억센 생명력으로 뿌리를 내리고 있었다.

정상을 오르는 길목에선 신선한 숲 냄새가 삼겹살 굽는 냄새로 바뀌었다. 팔각정에서 남녀 10여 명 산행 팀이 고기를 굽고 있다. 취사하면 안 되는 장소라고 한마디 하면 바로 '당신이 뭔데' 하고 나올 듯이 보이는 중년 남자들도 마음에 걸리고, 그런 행위가 불법이라는 정확한 근거도 갖고 있지 않아서 그냥 돌아섰다.

뒤에 자료를 찾아보니 산림 내에서 '불을 피우거나 불을 가지고 들어가는 행위'는 산림보호법 제34조 위반으로 벌금 50만원에 처해진다. 국민 누구나 신고할 수 있다.

팔각정에서 10여 분 오르니 정상이다. 정상은 너른 공터로 헬기장도 겸하고 있다. 철제로 만들어진 방송 중계탑이 우뚝 솟아 있고, 공터 북쪽엔 얼기설기 막돌로 쌓은 1m 높이 단 위에 글자 하나 없는 비석이 서 있다. 예

비가 개인 후 피어오르는 운무 아래 맑은 산하가 열린다.
적성면 일대의 사기막골, 설마치고개, 신암저수지가 눈에 박히도록 선명하게 보인다.

전의 설인귀비라는 초록색 안내판은 사라진 대신 검은 대리석으로 만든 감악산비가 놓여 있다. 그 설명문 내용이 이랬다.

> … 170cm의 이 비는 글자가 전혀 확인되지 않고 있어 '몰자비'라 부르기도 하고, '설인귀비', '빗돌대왕비' 등으로 구전되기도 한다. 그러나 지금까지 이 비의 실체는 밝혀지지 않고 있으며 속전(俗傳)에 의한

함경남도 마식령에서 발원하여 북과 남 254km를 흘러온 임진강이다.
강 건너 송악산 암릉 줄기가 힘차게 뻗어있다.

기록만이 존재하고 있다.

설인귀에 대한 역사적 기록으로는 『고려사』에 "사람들 사이에 전하기를, 신라인들이 당의 장수 설인귀를 산신으로 삼아 제사지냈다고 한다"고 적혀 있다. 적성면 일대에는 설인귀가 말을 타고 달리던 고개라는 설마치고개, 무술을 연마했다는 무건리(武健里), 설인귀를 모신 사당인 설인귀사 같은 지

바위틈에 날려 온 솔씨 하나가 억척스런 생명력으로 살아가고 있다.

명과 심지어 설인귀가 적성면 출신이라는 설화도 많이 남아 있다.

당(唐) 왕조 역사를 정리한 정사(正史)인 『구당서』(舊唐書· 945년 편찬)에는 설인귀가 강주(絳州) 용문 사람으로 나온단다. 본시 보잘것없는 서민 출신이었으나 당 태종이 고구려 정벌(645년)에 나섰을 때 공을 세움으로써 태종의 눈에 들어 고위직까지 올랐다고 한다.

설인귀가 감악산 산신이 된 것에 대해 변동명 전남대 교수는 "경기도 적성 일원은 신라와 고구려가 치열한 쟁탈전을 벌인 지역이었다. 신라가 통일을 한 이후에도 적성 지역사회는 고구려인으로서의 자의식이 강해 신라 통치권자들에겐 두통거리였다. 이에 신라 위정자들은 고구려를 멸망시킨 데 앞장선 당나라 설인귀란 인물을 신격화하여 감악산신으로 내세우기 시작한 것으로 보인다"며 국가 통합을 위해 신앙을 정치적으로 이용한 것으로 추정했다.

하산길은 까치봉 쪽으로 잡았다. 중간 전망대에서 보니 파주 일대를 호령하는 감악산 아래로 군졸 같은 야산들이 옹기종기 늘어서 있다. 골과 골 사이로 누런 황금 들판이 펼쳐지고, 임진강은 큰 굽이를 세 번이나 돌며 한강으로 빠져든다. 함경남도 마식령에서 발원하여 북과 남 254km를 흘러온 강이다.

임진강 너머 개성 쪽으로 송악산이 보인다. 거친 바위들 모습은 힘차게 그려진 한 폭의 수묵화다. 눈 시린 풍광들을 하나하나 마음에 담아도 갈 수 없는 땅이란 생각에 가슴은 먹먹해진다. 까치봉을 거쳐 다시 출렁다리로 돌아왔다.

파주시는 출렁다리에 '글로스터 영웅의 다리'란 별칭을 붙였다. 6·25

전쟁 때 감악산에서 벌어진 영국 글로스터 연대의 헌신적인 전투를 기리기 위해서다. 1951년 4월 23일 중공군은 서울을 재점령하기 위해 대대적인 춘계공세를 펼쳤다. 임진강을 넘어온 중공군 63군 예하 3개 사단 3만여 명은 글로스터 연대가 지키던 감악산 일대를 공략하기 시작했다.

당시 글로스터 연대 병력은 652명에 불과했다. 끝까지 대항한 부대원들은 전사하거나 포로가 되었다. 본대로 귀환한 병사는 67명에 불과했다. 그들의 희생으로 사흘 동안 시간을 벌었고, 유엔군은 안전하게 철수하여 서울 북쪽에 방어선을 구축함으로써 중공군의 공세를 차단하고 서울을 지킬 수 있었다. 당시 전투에 참여한 앤서니 파라호클리(Anthony Farrar-Hockley) 대위는 그의 저서 『The Edge of the Sword(대검의 칼날)』에 이렇게 묘사해 놓았다.

> 4월의 싱그러운 향기가 묻어난 임진강 북안엔 정적이 흘렀다. 정말로 아무런 움직임이 없었다. 습격자들이 등장했다. 연카키색 군복을 입고 허름한 싸구려 면모자를 쓰고 고무창을 댄 신발을 신고, 가슴과 등에는 탄띠를 교차되게 멘 수백 명의 중공군들이 기어오르고 있었다. 한 명이 쓰러지면 두 명, 세 명, 네 명의 중공군이 자리를 채웠다.

파라호클리 대위도 포로가 되어 일곱 번이나 탈출하며 생사를 넘나들었다. 포로생활 28개월 만에 귀환했다. 이후 그는 영국군 대장으로 승진하여 NATO 북부사령관을 지냈고 영국 기사 작위를 수여받았다. 삼국시대 각축장이었던 임진강과 감악산 일대는 역사의 흐름 속에 침략자가 당나라에서 중공군으로 바뀌었고, 설인귀를 산신으로 추앙하게 만들었다. 영국군까지 목숨을 걸고 싸웠던 한반도 허리의 젖줄 임진강은 수많은 아픔을 끌어안은 채 오늘도 분단의 산증인으로 도도히 흐른다.

임꺽정길 코스 | 3.9km, 2시간 30분

구름다리–범륜사–만남의 숲–임꺽정봉–감악산

능선길을 따라 오르며 감악산 남쪽 조망을 즐길 수 있다. 장군봉, 임꺽정봉, 얼굴바위 등 볼거리가 많은 아기자기한 산행 코스다.

계곡길 코스 | 3.4km, 2시간 10분

구름다리–범륜사–만남의 숲–약수터–감악산

감악산을 오르는 가장 짧은 코스. 숲길로 계속 오르기에 여름철 산행에 적합하다.

까치봉길 코스 | 4.2km, 2시간 30분

구름다리–범륜사–만남의 숲–까치봉–감악산

임진강 줄기를 한눈에 볼 수 있다. 멀리 개성 송악산까지 바라볼 수 있는 산행 코스로 하산 시에 이용하면 임진강 북녘 조망을 계속 즐길 수 있다.

신공귀장(神工鬼匠)이 조화를 부려 속임수를 다한 것일까.
누가 구워냈으며, 누가 지어 부어 만들었는지, 또 누가 갈고 누가 잘라냈단 말인가! -고경명, 『유서석록』

8,700만 년 전으로의 여행 | 광주 **무등산** | 無等山·1187m

없을 무(無), 비교할 등(等). 비교할 만한 산이 없다는 뜻을 품은 무등산. 무등은 완전한 평등을 의미하기도 한다. 광주 사람들은 무등산을 얘기할 때면 늘 '어머니의 산'이란 말로 시작한다. 광주 시내 어느 곳이든 눈을 들면 바라보이고, 산행에 나서면 부드러운 능선으로 자신들을 감싸주며, 광주의 모든 정신이 녹아 있는 어머니 품 같은 산이란다. 2013년 3월, 국립공원 제21호로 지정되었다.

12월 초, 곧 첫 눈발이라도 날릴 듯한 오전의 무등산 원효 지구 주차장은 한산했다. 등산로 입구 슈퍼마켓 주인도 외출 중이라 써놓고 인기척이 없다. 임도 차단기를 지나 왼쪽 무등산 옛길이라 새겨진 표지석을 보고 돌계단 길로 들어섰다. 「서석대 3.9 km, 목교 3.4km」란 표지판이 나온다.

허리까지 올라온 때죽나무 군락 사이로 너비 1m쯤의 잘 정돈된 등산로가 이어진다. 출발지에서 10여 분 걸으니 짙은 초록색 이끼가 잔뜩 낀 너덜지대다. 폭은 10여m로 좁지만 상단부의 시작 부위가 보이지 않을 만큼 길게 이어져 있다. 300여 m를 더 걸으니 제철(製鐵) 유적지란 간판이 나온다.

1530년 간행된 『신증동국여지승람』에는 철이 생산됐던 곳으로 기록되어 있다. 임진왜란 당시 광주 출신으로 이름을 떨친 의병장 김덕령(金德齡) 장군이 이 기록을 바탕으로 이곳에서 무기를 만든 것으로 알려져 있다.

하산 길에 바라본 장불재 일대. 호남정맥의 중심 산줄기로, 2013년 3월 국립공원 제21호로 지정되었다.

임진왜란의 영웅이었으되 역모(逆謀)의 굴레를 쓰고 29세 나이로 형장(刑場)의 이슬로 사라진 의병장 김덕령.

500여 년 전이지만 역사는 그를 잊지 않았고, 이곳을 지나는 산행객들도 숙연해진다. 제철 유적지를 지나면 길은 조금씩 가파르게 이어진다. 숨고르기를 하며 걷다 보니 갑자기 넓은 공터가 나타난다. 벤치 3개와 119 구급함이 있는 물통거리다.

안내판 설명으로는 「무등산의 나무꾼들이 땔감이나 숯을 구워 나르던 길로, 1960년대까지는 천왕봉 정상에 있던 군부대가 보급품을 나르던

광주 사람들은 무등산을 얘기할 때면 늘 '어머니의 산'이란 말로 시작한다.
시내 어디서든 눈을 들면 바라보이고, 산행에 나서면 부드럽게 감싸주는,
광주의 모든 정신이 녹아 있는 어머니 품 같은 산이란다.

길」이란다. 막돌로 두른 옛 우물터도 얼기설기 엮은 지붕을 올린 움막처럼 남아 있다. 널찍한 등산로는 이제라도 조금만 손보면 트럭 한 대쯤은 거뜬히 다닐 수 있을 것 같다.

서석대까지 500m 남았다. 옛 군사도로를 지나니 걷기가 팍팍한 돌계단 길이다. 개인별 보폭에 맞게 크고 작은 돌로 계단을 만들었다. 무등산 옛길 32번 기둥을 지난다. 안내 기둥에 쓰인 숫자는 300m마다 하나씩 올라간다. 등산로 한가운데 놓인 치마바위는 누구나 한 번씩은 쉬었다 가고 싶은 바위다.

어디선가 쏴아~ 하는 소리가 들린다. 바람소리인가, 물소리인가? 두리번거리니 원효 계곡 발원지란 표시가 있다. 왼쪽 계곡 바위틈에서 물이 솟구치고 있다. 흘러 내려오는 물줄기는 보이지도 않는데 돌 틈 사이로 물이 콸콸 쏟아진다. 잎사귀 하나 남기지 않은 나목들 사이로 무등산 정상이 보인다.

광주시를 한 아름에 품을 듯 좌우로 넓게 펼쳐진 능선 모습이 보는 이를 압도한다. 등산로 옆으로 땅이 조금씩 부풀어 있다. 땅으로 스며든 물이 얼면서 흙을 들고 일어난 것이다. 자연의 순환 속에 길은 또 조금씩 바뀌며 생명을 갖는다.

매트가 곱게 깔린 평지를 지나 100여m를 부지런히 오르니 목교라는 표지판이 있는 임도길이다. 이곳에 관리소와 화장실이 있고, 여기서부터 서석대까지 0.5km 거리다. 서석대 오르기 전 전망대 바위에 올랐다. 서쪽으로 보이는 742봉 능선은 부드럽게 이어지고, 한가운데 철탑 두 개가 유난히 눈길을 끈다.

능선 너머로 광주 시내가 어슴푸레 눈에 들어온다. 서북쪽으로 낙타

기둥처럼 삐죽삐죽 솟은 바위 군락은 마치 공룡의 등뼈를 보는 듯하다.
무등산에는 이런 주상절리가 11㎢에 걸쳐 광범위하게 펴져 있다.

봉, 평두봉, 향로봉이 사발을 엎어놓은 듯 봉긋봉긋 솟아올라 있다. 서석대에서 바위들 형태가 달라진다. 거대한 바위는 두부를 자른 것처럼 일정한 간격으로 줄지어 섰다. 30여m 높이 돌기둥 200여 개가 300여m에 늘어서 있다.

마치 하늘을 향해 열린 제단 같은 서석대 방문은 조선시대 선비들에게도 선망의 대상이었다. 임진왜란 때 의병장으로 전사한 고경명(高敬命)은 울산군수에서 물러나 있던 1574년 음력 4월 20일부터 24일까지 닷새에 걸쳐 무등산 산행에 나섰다. 당시 그가 쓴 산행기 『유서석록(遊瑞石錄)』에는 경이로운 자연의 조화가 이렇게 묘사되어 있다.

더욱이 알 수 없는 것은 네 모퉁이를 반듯하게 깎고 갈아 층층이 쌓아 올린 품이 마치 석수장이가 먹줄을 튕겨 다듬어서 포개 놓은 듯 한 모양이다. 천지개벽의 창세기에 돌이 엉켜 우연히 이렇게도 괴상하게 만들어졌다고 할까. 신공귀장(神工鬼匠)이 조화를 부려 솜임수를 다한 것일까. 누가 구워냈으며, 누가 지어 부어 만들었는지, 또 누가 갈고 누가 잘라냈단 말인가!

정말 신공귀장의 조화인가? 언제 누가 구워내고 갈고 잘라냈는가? 이제는 답을 할 때가 되었다. 8,700만 년 전이다. 중생대 백악기라 한다. 무등산 일대에는 3번의 화산 폭발이 있었고, 그곳에서 튀어나온 돌덩이와 화산재, 용암이 온 산을 덮었다. 한 덩어리가 된 거대한 불덩이들은 서서히 식으면서 암석으로 변했다.

열이 식으며 부피가 감소하는 수축작용이 일어나 암석들에 균열이 생겼다. 마치 가뭄에 저수지나 논바닥이 갈라지듯 바위는 5각, 6각으로 쪼개졌다. 이 바위를 450여 년 전 고경명 일행은 신공귀장의 조화로 여겼고, 오늘날 우리는 지질학의 발전으로 땅의 역사로 들여다본다.

이렇게 각을 지어 갈라진 기둥 형상의 바위를 주상절리(柱狀節理)라 부른다. 주상절리는 우리나라 곳곳에 있다. 제주 중문의 주상절리는 바다와 어우러져 빼어난 경관을 자랑하고, 경주 양남면 주상절리는 특이하게도 둥그런 형태다. 경기도 연천 재인폭포나, 포천 비둘기낭폭포 등 대부분 주상절리는 바닷가나 하천 등 저지대에 형성되어 있다. 무등산처럼 해발 1000m 고지에 형성된 주상절리는 세계적으로도 희귀한 경우다.

무등산은 2018년 4월, 유네스코 지질공원으로 등재되었다. 세계에서

'광주의 기상(氣像) 이곳에서 발원되다'라 쓰인 서석대.

137번째, 국내에선 제주와 청송에 이어 3번째다.

서석대를 떠나 제법 곧추선 길을 100여m 오르니 「무등산 옛길 종점 11.87km」란 붉은색 표지판이 나온다. 옛길의 총길이 1,187m는 무등산의 높이이기도 하다. 원효 지구로 다니는 시내버스 번호도 1187번이니 광주인들의 무등산 사랑을 짐작할 만하다.

철 지난 억새가 가득한 천왕봉 정상으로 가는 길은 군부대가 들어서 있어 통제구역이다. 정상 주위 인왕봉은 주상절리들이 견고한 요새처럼 촘촘히 늘어서 있다. 「1,100m 무등산 서석대」란 표지석에는 '광주의 기상(氣

짧은 겨울 해는 어느 틈에 서편의 광주 쪽 하늘을 붉게 물들이기 시작했다.
8천700만 년 전 화산폭발로 만들어진 무등산의 돌들은 이 땅의 역사를 말해준다.

像) 이곳에서 발원되다'라 적혀 있다.

서석대에서 장불재로 내려서는 바윗길도 윗면이 반듯반듯 하게 절개되어 있었다. 기둥처럼 삐죽삐죽 솟은 바위 군락은 마치 공룡의 등뼈를 보는 듯하다. 무등산에는 이런 주상절리가 11㎢에 걸쳐 광범위하게 펴져 있다.

30여 분 내려서니 거대한 돌기둥들이 늘어선 입석대다. 하늘의 성전을 받쳤을 만한 우람한 돌기둥들이다. 경주, 제주 등 바닷가 주상절리들은 지름이 1m 안팎이지만 입석대는 2~4m에 달한다. 냉각되는 속도가 빠를수록 지름이 작고 느릴수록 커진다.

입석대를 벗어나니 임도가 연결되는 장불재다. 세찬 겨울바람이 뺨을 때린다. 해발 919m에 사방 거칠 것 없이 트인 바람 통로다. 여름이면 초원으로 뒤덮이는 이 지역도 땅속에는 주상절리가 가득하다.

임도를 따라 하산을 시작했다. 4각형과 5각형 돌들이 널린 작은 너덜지대가 나온다. 너덜은 주상절리의 미래상이다. 주상절리는 오랜 시간 침식과 풍화작용 속에 무너져 내리고, 무너진 돌덩어리가 서서히 비탈로 이동해 한 곳에 쌓여 너덜이 된다. 무등산에는 길이 600m, 폭 250m로 국내 최대 규모인 덕산너덜과 지공너덜이 있다.

너덜은 지금도 조금씩 아래로 이동한다. 이처럼 무등산은 살아 움직이는 지질 교과서인 셈이다. 짧은 겨울 해는 어느 틈에 서편의 광주 쪽 하늘을 붉게 물들이기 시작했다.

증심사 코스 | 6.8km / 3시간 30분

증심사 입구–새인봉–서인봉–장불재–서석대

지하철로 무등산 입구인 증심사 지구까지 이동할 수 있어 교통이 편리하다. 무등산 등산객의 80% 이상은 증심사 기점 코스로 몰린다. 모든 산길이 증심사에서 시작해 증심사에서 끝난다고 할 만큼 인기 있는 산행 기점이다.

옛길 2코스 | 4km / 2시간 30분

원효사–제철유적지–물통거리–치마바위–목교–서석대

출발지 고도가 400이 넘어 길은 대체적으로 완만하여 초보들이 이용하기 좋다. 옛 사람들이 넘나들던 고갯길로 중간에 군부대가 이용하던 큰 임도의 흔적을 따라 걷기도 한다. 짙은 숲길을 걷는 맛이 좋다.

무등산 일주 코스 | 14.2km / 6시간 30분

원효분소–꼬막재–규봉암–장불재–입석대–서석대–중봉–늦재–원효사

무등산 전체를 하루에 보는 코스다. 거리는 길지만 무등산이 완만하여 중급자 이상이면 가능하다. 관심을 가지면 주상절리의 모양 변화도 볼 수 있어 흥미로운 산행을 할 수 있다.

고대로부터 신에게 제사를 올리던 태백산.
『삼국사기』에는 '서기 138년, 신라 7대 왕 일성 이사금은 태백산에서 몸소 제사지냈다'는 기록이 나온다.

신(神)들의 땅 | 태백 **태백산** | 太白山·1567m

태백산. 크게 밝은 산이란 뜻이다. 우리 민족은 천신(天神)을 숭배하는 '밝은 민족'으로 하늘에 제사하는 풍습이 있었으며, 제사 지내는 산을 '밝은 산(白山)'이라 했다. 밝은 산 중에서도 가장 크게 밝은 산이 바로 태백산이다.

마침내 강원도에 눈이 내렸다. 눈 내린 태백산 겨울 산행을 계획했던 일행은 부지런히 연락을 취해 서울의 새벽을 뚫고 고속도로를 달렸다. 하지만 강원권에 들어서도 눈 내린 흔적은 찾기 어려웠고 잿빛 풍경은 을씨년스럽기까지 하였다. 일행의 표정도 똑같이 어두웠다. 고속도로를 벗어나 31번 국도에서 상동으로 들어서자 갑자기 일행이 환호성을 지른다.

"와! 태백산 봐라, 정상 부위에 눈꽃이다 눈꽃."

"녹으면 안 되는데, 밟아 밟아."

요즘 도시 아이들은 눈싸움도, 눈사람도 모르고 동심을 잃어 가는데, 이놈의 어른들은 아이들보다 더 신나게 동심으로 돌아간다. 해발 936m의 화방제를 넘어 유일사 주차장으로 들어섰다. 평일임에도 전국 곳곳에서 온 등산객들은 스패츠와 아이젠을 차고 배낭끈을 한 번 더 조이고 화장실까지 다녀오는 등 산행 준비로 분주하다. 모두들 태백산과 한바탕 전투를 치를 기세다. 눈 덮인 겨울산을 오른다는 건 그리 녹록한 일이 아니라는 걸 잘 아는

보석 실타래를 걸어놓은 듯한 설화. 가지 끝마다 피어오른 눈꽃이 은백 세상을 만들었다.

산객들이다.

눈길을 30여 분 오르니 누런 낙엽송은 하얀 옷으로 갈아입기 시작했다. 가지 끝마다 피어오른 설화는 보석 실타래를 풀어 걸어놓은 듯 은백의 세상을 만들고 있었다. 정상에서 일출을 보고 하산하는 산객들이 "벌써 정상에 눈꽃이 녹고 있다"면서 얼른 올라가보라고 채근하지만 주변 풍광에 홀린 발걸음은 늦어만 진다.

유일사 갈림길(주차장에서 2.3km)에 오르니 건너편 화방제에서 오르는 능선이 동화 속 나라처럼 다가선다. 몽실몽실 피어난 설화들은 하얀 도화지에 새로 그린 세상처럼 황홀한 풍광으로 드러난다. 해발 1,300m를 넘어서자 '살아 천 년 죽어 천 년'이라는 주목들이 나타난다. 등산로 옆에 불쑥불쑥

튀어나오는 주목들은 그 모양이 제각각이다.

죽은 고목인가 살펴보면 줄기 몇 개에 푸른 잎을 달고 살아가는 나무, 붉은 몸통만을 남긴 채 죽어서 천 년을 버티는 나무가 있다. 주목은 물이 부족한 척박한 환경에서 자라 속살이 돌덩이처럼 단단하고, 물기가 적어 죽어서도 좀체 썩지 않는다. 그 단단함으로 속이 텅 비었음에도 백두대간을 넘어 부는 모진 바람을 견뎌내는 것이다.

마지막 주목을 뒤로하고 잡목 숲을 빠져나오니 태백산 정상인 장군봉이다. 정상에는 하얀 눈꽃을 뒤집어 쓴 장군단이 버티고 있다. 여덟 개의 계단을 올라 장군단에 올라서니 명징한 겨울산이 온 산하에 또렷하게 드러난다. 백두대간 길녘 매봉산 정상에 서 있는 풍력 발전기들은 장벽처럼 한 줄로 늘어섰고, 능선은 굽이치며 함백산으로 만항재로 힘차게 뻗어 달려 내려온다. 장군단에 오래 서 있었더니 머리가 어질하다. 무속인들이 기도 후에 뿌리고 간 막걸리 냄새에 취해가는 듯하다.

태백산 정상부에 위치한 천제단(중요 민속자료)은 모두 3개의 제단으로 이루어져 있다. 정상에 쌓아올린 장군단은 사람에게 제를 올리고, 영봉에 세워진 천왕단은 하늘에, 남쪽으로 200여m 내려선 하단(下壇)은 땅에 제사를 지내는 곳으로, 정상 주변은 신역(神域)이다.

천왕단이 있는 영봉(1560m)으로 향하는 능선길은 부드럽다. 천왕단의 날선 돌들은 하얗게 얼어붙었다. 천왕단은 하늘을 상징하는 둥그런 모양으로 쌓여있다. 안에는 '한배검'이라 쓰인 표지석이 있고, 제단에서는 무속인들이 과일, 북어, 과자 등을 올려놓고 제를 지내고 있다.

무속인들이 자리를 뜨자 등산객 차례다. 다들 다가가 한 해의 안전 산

하얀 눈꽃을 뒤집어 쓴 장군단.
이곳에 서면 함백산으로, 만항재로, 너울 치며 달려오는 백두대간이 또렷하게 보인다.

행을 빈다. 『삼국사기』에는 「서기 138년, 신라 7대 왕 일성 이사금은 북쪽을 두루 살펴보고, 태백산에서 몸소 제사지냈다」는 기록이 나온다. 고려시대에는 국가 차원에서, 조선 때는 지방의 방백이나 무속인들이 태백산신을 모신 기록들이 있다. 이렇듯 태백산은 고대로부터 신에게 제사를 올리던 산이다.

3m 가량 되는 커다란 태백산 표지석을 뒤로하고 문수봉 쪽으로 길을 잡았다. 툇마루 길을 내려서며 바라본 부쇠봉(1514m)은 달항아리처럼 둥글게 솟아올라 있었다. 부쇠봉에서 왼쪽으로 틀면 문수봉을 거쳐 제당골로 내려서는 능선길이다. 오른쪽은 신선봉, 구룡산, 선달산으로 이어지며 소백산맥의 넉넉한 품으로 달려간다.

천왕단에서 200여m 내려서니 천제단 하단이다. 직사각형 제단은 바람막이도 없이 막돌로 쌓여 있다. 제단 오르는 계단은 정면과 왼쪽, 오른쪽

살아 천 년 죽어 천 년이라는 주목.
척박한 환경에서 자라 속살이 돌덩이처럼 단단하고,
물기가 적어 죽어서도 좀체 썩지 않는다.

삼면으로 오를 수 있다. 숲속에 파묻힌 채 보존되어 옛 모습에 가장 가깝게 남았다. 하단 옆으로 난 등산로가 이 땅의 중심축인 백두대간 길이다.

20여 분 걸어 오른 부쇠봉 정상에 어느 산객 혼자 텐트를 치고 있었다. 밤하늘의 별을 벗 삼은 채 겨울산을 즐길 생각인가 보다. 충분히 그럴만한 곳이다. 태백산이 바라보이고, 백천계곡 뒤로 달바위봉이 진안 마이산처럼 쌍바위봉을 쫑긋거리는가 하면, 백두대간과 낙동정맥의 주맥과 지맥들이 겹을 이룬 채 일렁이는 모습은 머물고픈 마음이 들 수밖에 없는 풍광인 것이다.

영봉에서 3.8km 떨어진 문수봉(1571m)을 오르며 마지막 호흡을 가다듬었다. 정상에는 중년 여인 홀로 태백의 겨울 풍광에 취해 있었다. 커다란 돌탑 다섯 기가 세워진 문수봉은 무속인들이 천제단에서 제를 올리고 산을 내려가기에 앞서 다시 한 번 천제단을 바라보며 기도드린다는 영험한 곳이다.

멀리 천왕단이 시야에 들어오고, 9부 능선 동쪽 사면에 길게 들어선 망경사가 보인다. 20여 년 전 망경사에서 하룻밤을 지낸 적이 있었다. 망경사는 조계종 소속 사찰이지만, 대부분 기도하러 온 무속인들이 숙박하고 있었다. 당시 인천에서 왔다는 중년 무당은 눈이 부리부리하고 괄괄한 성격이었다. 주변의 남자 무당들도 확확 휘어잡았다.

"난 세상에 아무것도 안 무서워, 남자고 여자고 사람들은 암 껏도 아냐."

그 무당과 말문이 조금 트인 뒤에 슬며시 물었다.

"신 내리기 전에 뭐하고 사셨어요?"

"나? 이것저것 하며 물장사 술장사 20여 년 했어. 거친 놈들도 별거 아냐. 근데 단종 할아버지가 제일 무서워. 가끔씩 나타나셔서 나를 벌벌 떨게 하셔. 그래서 기도하러 왔어."

옆에서 조용히 듣고 있던 40대 초반의 총각이 산 아래에서는 자꾸 몸이 아프단다. 그래서 기도하러 왔는데 요즘은 내려가려면 자꾸 누군가 자신을 잡아끌고 넘어트린단다. 다음날 기필코 내려가겠다며 아침 일찍 출발한 그가 두어 시간 만에 돌아왔다. 누군가 자꾸 발목을 낚아채서 몇 번 넘어졌다며 벌겋게 상기된 얼굴엔 낙담한 표정이 가득했다.

홀로 태백의 겨울 풍광에 취한 산악인. 커다란 돌탑 다섯 기가 세워진 문수봉은
무속인들이 산을 내려가기 전에 마지막 기도를 드린다는 영험한 곳이다.

하룻밤 자며 들어본 그들의 가슴 속에는 절절한 한(恨)들이 맺혀 있었다. 그들은 인간사에서 못 푼 한을 신에 의지하며 풀어나가는 듯했다. 눈꽃에 취하고 옛 추억에 취한 나에게 일행들이 채근한다.

"그만 하산합시다. 벌써 4시가 넘었으니 곧 어두워질 거예요."

너덜지대인 소문수봉을 지나 갈림목(문수봉 0.5km. 당골광장 3.5km)에서 제당골로 내려섰다. 골짜기 초입에 있는 제단에선 다섯 남녀 무속인들이 간절한 기도를 드리고 있었다. 가끔씩 오색 천으로 만든 깃발도 흔든다. 우리 민족은 산의 정기를 받고 태어나 산기슭에서 살다가 산으로 되돌아간다. 민족 최초의 종교도 산악신앙에서 출발했다.

근대화에 밀려난 토속신앙을 끝까지 지켜낸 무속인들은 천 년, 2천 년을 지켜온 주목들과 함께 태백산에 살아 있었다. 산행을 끝낸 뒤에 본 태

제당골 초입에서 기도를 드리는 무속인들. 근대화에 밀려난 토속신앙을 끝까지 지켜낸
무속인들은 1천 년, 2천년을 지켜온 주목들과 함께 태백산에 살아 있다.

백산은 산 전체가 하나의 제단이고, 수많은 신들이 살고 있는 땅이었다.

유일사 코스 | 4.5km 2시간

유일사 주차장-유일사 갈림길-천제단

태백산을 오르는 가장 쉬운 코스다. 해발 800m에서 시작하고 중간 지점인 2.3km까지는 임도로 오를 수 있다. 겨울 하산 시에는 임도에서 눈썰매를 타는 사람들도 꽤 있다.

유일사-당골 종주 코스 | 11.4km 5시간

유일사 주차장-유일사 갈림길-천제단-부쇠봉-문수봉-당골 광장

태백산의 대표적인 종주 코스로 길이 순탄하다. 초급자 겨울 산행은 경험자가 동행해야 한다.

당골-유일사 코스 | 9km 4시간

당골 광장-반재-천제단-유일사 갈림길-유일사 주차장

태백산 산행의 중심점인 당골 광장에서 출발하며 중간 중간 코스를 바꾸며 산행할 수 있다.

10여m 높이의 성곽 돌들은 한 치의 어긋남도 없이 꽉 짜 맞춘 난공불락의 요새다.
산성 안에서 47일간 고립된 인조는 1637년 1월, 청 태종에게 항복했다.

조선왕조의
가장 처참했던 하루

광주(경기도) **남한산성**

南漢山城·522m

인조 14년, 1636년 12월 6일 평안북도 의주 봉수대에서 두 줄기의 봉수가 올랐다. 국경 근처에 적들의 움직임이 있다는 보고였다. 이 소식은 의주에서, 안주로, 평양으로 내달렸다. 하지만 황해도 북방에서 끊기고 말았다. 도원수 김자점(金自點)이 혹독한 추위에 적이 침입할리 없다고 무시해버린 탓이다.

봉수가 끊어진 사흘 뒤 청나라 군사 12만 8,000여 명이 압록강변에 섰다. 선봉대인 기병 6,000명이 얼어붙은 압록강을 건넜다. 병자호란의 신호탄이었다. 청군(淸軍) 기마대 속도는 질풍과도 같았다. 600km에 이르는 의주-서울 거리를 불과 닷새 만에 주파했다.

적군이 양철평(良鐵坪, 지금의 은평구 불광동 부근)까지 들이닥쳤다는 전갈이 왔다. 인조는 강화도로 피신을 하려 했지만 이미 적군에 의해서 모든 길이 끊긴 상황이었다. 황급히 남한산성으로 들어간 인조는 47일간 고립된 채 치욕 가득한 조선 역사를 쓰기 시작했다.

서울 지하철 5호선 종점인 마천역을 산행 들머리로 잡았다. 도로 옆 공수부대 자리는 위례 신도시로 탈바꿈하기 위한 공사가 한창이었다. 오밀조밀한 가게들이 몰려 있는 골목길 한가운데, 서울 송파구와 경기도 하남시 경계를 알리는 표지판이 보였다.

아픔의 역사를 딛고 2014년 유네스코 세계문화유산에 등재된 남한산성.
병자호란도, 의병들 이야기도, 후손들이 알아야 할 소중한 기록이다.

등산로 초입을 벗어난 소로에는 야자매트가 깔려 있었다. 종아리를 거쳐 허리까지 전달되어 오는 푹신한 감촉이 좋았다. 왼편 숲속 암자에서 은은한 독경 소리가 울려나왔다. 100여 개의 나무계단을 오르며 보니 나뭇가지 사이로 암자가 설핏 보였다. 천막을 이어붙인 지붕에 주변 분위기도 어수선한 게 예전 민가를 사찰로 쓰는 모양이었다.

등산로는 급경사를 이기지 못하고 지그재그로 방향을 바꾸며 산정으로 이어졌다. 한 호흡에 두 발씩 40분을 올랐다. 갑자기 눈앞에 신기루처럼 나타난 성곽. 10여m 높이의 성곽 돌들은 한 치의 어긋남도 없이 꽉 짜 맞춰져 있었다. 하단부는 1m가 넘는 돌들로 시작하여 최상단부는 두어 장의 메주덩어리만한 크기까지 쌓여 있었다. 석재 중간 틈마다 작은 돌들까지 끼워 맞춰 성곽은 한 치의 틈도 허락치 않았다.

성곽 앞 전망대는 서쪽으로 조망이 트인다. 산자락에 기대앉은 공수부대 터는 아파트 공사현장으로 바뀌었고, 사이사이로 비포장도로가 선명하게 드러났다. 맑은 날은 빌딩 가득한 도시 뒤로 관악산, 북한산, 도봉산이 선명하게 보이는 곳이다. 도로 몇 개를 지나서 멀리 바벨탑처럼 우뚝 선 잠실 롯데월드타워가 있었다.

바로 옆은 아픔의 현장인 삼전도(三田渡, 잠실 석촌호수 부근)다. 1637년 1월 30일, 『인조실록』을 펼친다. 조선의 임금은 바닥에 엎드렸고 청 태종은 9계단 위 의자에 앉아 있었다. 인조는 청나라 군사 호령에 맞춰 세 번 절하고 머리를 아홉 번 조아렸다. 예를 끝내고 술과 안주가 나오고 음악이 울려 퍼졌다.

잔치가 파하자 용골대(龍骨大)가 청 태종 홍타이지(皇太極)의 선물이라며 짐승 가죽으로 만든 방한복을 가져와서 인조와 신하들에게 나눠주었다. 인조는 그것을 입고 홍타이지 앞에 나가 사례했다. 다시 두 번 무릎을 꿇고 여섯 번 머리를 조아렸다.

홍타이지가 신시(오후 3~5시) 무렵에 자리를 뜬 뒤에도 인조는 밭 가운데 앉아 그들의 지시를 기다렸다. 해질 무렵에야 도성으로 돌아가도 좋다는 통고가 내려졌다. 송파나루에서 배에 오를 때 신료들이 다투어 먼저 건너려고 인조의 어의(御衣)를 잡아당기기까지 하는 소란이 빚어졌다. 모두가 제정신이 아닌 것 같은 상황이었다. 밤10시 무렵에야 창경궁으로 들어갔다.

성곽 앞 전망대는 서쪽으로 조망이 트인다. 도로 몇 개를 지나서 멀리 바벨탑처럼 우뚝 선 잠실 롯데월드타워가 보인다. 타워 바로 옆 석촌호수에 인조가 청 태종에게 머리를 조아린 삼전도 비석이 있다.

조선 왕조에서 가장 길고도 처참했던 하루가 저물고 있었다.

인조가 항복하기 위해 나왔던 서문으로 들어서서 오른편 수어장대(守禦將臺)로 길을 잡았다. 널찍한 길은 여유가 넘친다, 평탄한 산성길이다. 성곽에 봄 햇살이 내려앉는다. 노송들이 어우러지고 구불구불 이어지는 성곽까지 한눈에 볼 수 있는 아름다운 곳이다. 아이들 손잡은 가족들 모습이 많이 보인다.

10분 남짓 걸으니 2층 누각으로 지어진 수어장대다. 장수들이 병사들을 지휘하던 곳으로, 주변 조망이 좋은 곳에 세웠다는 설명문과 함께 옛 수어장대 사진도 인쇄되어 있다. 2대 프랑스 영사였던 이폴리트 프랑뎅이 1892~1893년에 찍은 사진이다. 사진 속에는 갓 쓴 양반 둘이 누각 마루에

앉았고, 맨머리에 상투를 튼 두 남자는 누각에서 멀리 떨어진 돌 위에 앉아 있다.

수어장대에서 성곽길을 따르면 남문을 지나 벌봉으로 이어지며 9.4km 산성길을 돌 수 있다. 성곽길에서 벗어나 산성마을 서쪽에 있는 행궁을 향해 내려섰다. 방금 전 소란스러움과는 다른 세상처럼 한적하다. 높이 20여m는 됨직한 소나무들이 등산로 옆으로 가득하다. 솔숲에서 풍겨 나오는 산 냄새, 나무 냄새가 좋다.

등산로에서는 행궁이 빤히 보였는데 내려서는 길을 놓쳤다. 잡목 숲을 헤치고 산등성이 밭 두어 고랑을 넘어 산성마을 로터리로 내려섰다. 조선조 말기에 1,000여 명의 주민이 살았다는 산성마을은 등산객과 탐승객들로 넘쳐나고 있다.

남한산성 서쪽 산기슭에 세워진 행궁 앞에서는 붉은색 도포에 관모를 쓴 직원이 입장권을 받고 있었다. 그가 입은 붉은 옷은 임금을 지키던 금위대 복장이다. 왕이 기거하던 내행전으로 들어서는 길은 검은색 판돌이 깔려 있다. 판돌에서 인조는 명나라 황제를 향하여 망궐례를 올렸다. 청나라에 포위된 풍전등화 속에서도 신년 인사와 명나라 왕족의 생일은 꼬박꼬박 챙기며 예를 다한 임금이었다.

산성마을 동쪽에 있는 지수당 저수지로 향했다. 소설가 김훈이 쓴 『남한산성』에서 '서날쇠'로 묘사된 서흔남(徐欣男)의 묘비를 보고 싶었다. 저수지 한 구석에 묘비 두 기가 나란히 서 있다. 그중 하나는 반쯤 부서져나갔

봄 햇살이 가득 내려앉은 날, 부드러운 성곽길 걷기에 제일 좋은 날이다.

남한산성이 숲으로 덮였다. 북문 주변의 국청사 오르는 길이 보인다.

소설가 김훈이 쓴 『남한산성』에서 '서날쇠'로 묘사된 서흔남의 묘비.
노비 신분인 그의 비석에는 '동지중추부사 서공지묘(徐公之墓)'라고 적혀 있다.

고, 온전한 비석에는 '동지중추부사(同知中樞府事) 서공지묘(徐公之墓)'라고 적혀 있었다.

비록 서흔남이 받은 벼슬은 직무가 부여되지 않은 허직(虛職)이었지만, 그는 노비 신분에서 재상급인 당상관에 오른 난세의 영웅이었다. 산성에 고립된 후 넘쳐나는 말과 말들, 임금과 당상관들, 척화파와 친화파, 성 안에는 논쟁 속에 하루해가 뜨고 졌지만 정작 구원병을 요청하는 임금의 교지 하나 들고 나갈 사람이 없었다.

조선군 1만 3,800여 명, 문무백관 200명이 있었다. 그러나 청군이 두렵고, 머나먼 영호남 지역까지 다닐 자신도 없었다. 일개 노비였던 서흔남이 자청했다. 서흔남은 기와 잇기와 불쟁이(대장간)로 생계를 꾸리며 무당, 장사

꾼 등 밑바닥 생활이라면 안 해본 것이 없었다.

노비에게 임금의 교지를 맡길 수 없다고 또 말과 말이 넘쳤다. 말 없던 임금이 서흔남에게 교지를 맡겼다. 그는 세 번이나 성 밖을 오가며 인조 임금의 어명을 곳곳에 하달했다. 영남 관군에게 군령을 전달하기도 하고, 성 밖 신하들의 전갈을 받아오기도 했다.

그는 청나라 군인으로 변장하거나, 때로는 걸인 행세를 하면서 성 안팎을 오갔다. 나라가 어려울 때면 민초들이 앞장서는 것은 예나 지금이나 변함이 없다. 이제 남한산성은 병자호란의 성도, 1896년 일본에 대항하던 의병들의 성도 아니다. 2014년 유네스코 세계문화유산에 등재된 남한산성은 후손에게 물려줘야 할 소중한 유산이다.

산성리 코스 | 4.7km, 1시간40분

산성리 로터리–북문–서문–수어장대–영춘정–남문–산성리 로터리

산성리 주차장에 차를 대고 가볍게 산책할 수 있는 코스다. 산성과 어우러지는 소나무 길이 아름답고 서문 쪽 전망대에서 바라보는 서울 풍광이 좋다. 서문에서 하산하면 1시간 코스다.

마천역 코스 | 3.7km, 2시간 소요

옛 공수부대 앞–서문–수어장대–행궁–산성리 로터리

지하철 5호선 마천역에서 산행 들머리까지 500m 정도다. 서울 시민들이 많이 이용하는 코스다.

산성 일주 코스 | 10.9km, 4시간 30분 소요

산성리 로터리–동문–북문–서문–수어장대–남문–동문–산성리 로터리

남한산성을 일주하는 코스. 등산객들이 많이 이용하며 산행 도중 힘들 때는 어느 지점에서라도 20분이면 산성리로 내려올 수 있다.

100여m 높이의 화강암 절벽인 자연 성릉. 화강암에는 지자기가 강력히 흘러 기도가 잘 통한단다.
무속인들이 모이는 이유 중 하나다.

정 도령이 꿈꾼
새 세상의 도읍지

공주 **계룡산**

鷄龍山·846m

1589년 10월 2일, 황해 감사 한준(韓準)의 비밀 장계(狀啓) 한 통이 선조 임금에게 올라왔다. 정여립(鄭汝立) 역모사건인 기축옥사(己丑獄事)의 서막이었다. 재령 군수 박충간(朴忠侃), 안악 군수 이축(李軸) 등이 서명한 장계는 정여립이 겨울에 역모를 꾀한다는 내용으로 "이 해 겨울 말에 서남지방에서 일시에 거병하여 얼어붙은 강진(江津, 황해북도 연산군)을 건너 서울을 침범한 뒤 무기고를 불태우고 강창(江倉, 강가의 세곡창고)을 빼앗아"라고 구체적인 계획이 적혀 있었다.

이 장계 한 통으로 조선 땅에는 피바람이 불며 3년간 1,000여 명이 죽었다. 평소 눈병을 앓아 바람만 쏘이면 눈물을 흘리던 형조좌랑 김빙(金憑)은 정여립의 추국장(推鞫場)에서 눈물을 흘린다고 처형되었다. 동인(東人)의 영수였던 이발(李潑) 집안은 82세 노모가 장형으로 맞아죽고, 10살짜리 아들은 압슬형 고문(무릎을 무거운 물건으로 짓눌러 고통을 주는 것)으로 죽었다.

역모 사건의 중심 인물인 정여립이 언급된 1589년 『선조수정실록(宣祖修正實錄)』에는 아래와 같은 글귀가 나온다.

많은 무속인들이 찾는 계룡산에는 잔돌로 쌓은 탑들도 많다. 저 작은 탑에 무엇을 기원했을까?

[국초 이래로 참설(讖說)이 있었는데 "연산현(連山縣) 계룡산(鷄龍山) 개태사(開泰寺) 터는 곧 후대에 정씨(鄭氏)가 도읍할 곳이다." 여립이 일찍이 중 의연의 무리와 국내의 산천을 두루 유람하다가 폐사(廢寺)의 벽에 시를 쓰기를, "손이 되어 남쪽지방 노닌 지 오래인데 계룡산이 눈에 더욱 환하여라. 무자·기축년에 형통한 운수 열리거니 태평성세 이루는 것 무엇이 어려우랴" 하였는데, 그 시가 많이 전파되었다.]

정여립은 천하는 공물인데 어찌 주인이 있으랴, 누구라도 임금으로 섬길 수 있다는 평등사상을 퍼트렸다. 양반, 상놈, 농민, 노비, 중 따위의 신분을 따지지 않고 누구나 동등하게 참여하는 대동계(大同契)를 결성했다. 후학들에게 평등사상을 심어주고 매월 보름날 모여 토론과 무술훈련도 하며 호남을 중심으로 대동계를 확장했다.

대동계는 율곡(栗谷) 이이(李珥)가 왜구의 침략에 대비하자는 십만양병설을 따른 것이라는 견해도 있다. 실제로 1587년(선조 20년)에는 전주 부윤 남언경의 요청으로 대동계를 이끌고 손죽도에 침입한 왜구를 물리쳤다. 참설(讖說)에 정씨가 도읍을 정할 곳이라는 장소는 계룡산 자락 신도안이다. 조선 초 태조 이성계(李成桂)가 직접 방문하여 도읍을 옮길 장소로 지정했던 곳이다.

봄 햇살이 산록에 내려앉던 날, 정 도령이 나타날 거라던 계룡산을 오른다. 꽃향기 묻어오는 봄바람도 싱그럽다. 동학사 입구 상가 단지는 벚꽃 축제 행사 현수막들이 펄럭이고 몰려들 인파를 맞이할 하얀 천막들을 치느

보살을 닮았다는 관음봉을 거쳐 멀리 천황봉의 안테나 시설물이 보인다.

라 분주하다. 벚나무들이 터널 입구를 이루고 있는 동학사 입구는 연분홍 세상이다. 커다란 숲속 고목들은 봄 햇살에도 꼼짝 않고 서 있지만, 사이사이 노란 생강나무 꽃이 반짝이고, 관목들 가지마다 아기손 같은 새싹들이 봄을 알린다.

동학사 직전의 관음암을 지나며 오른쪽 산길로 들어선다. 천천히 걸어서 남매탑까지 2시간 걸리는 산길이다. 자연석 돌계단 길이 등산로를 이어준다. 평일 산행길은 한적하고 고요해서 좋다. 계곡 물소리, 새들의 노랫소리, 바람소리까지 더 가깝게 느껴진다. 잠시 쉬며 자연이 주는 소리에 귀를 기울이는데 느닷없는 뽕짝 소리가 끼어든다.

"청춘을 돌려다오~ 젊음을 다오 흐르는 내 인생의 애원이란다~"

옆에서 쉬던 어르신이 음악을 틀었다. 고요함은 깨졌지만 뭐라 한 소리 할 수 없는 연세의 어르신이다. 아들이 사주었다는 음악 재생기에 당신이 선별해서 넣은 노래가 600곡이나 들어 있다고 자랑이 대단하시다. 올해 여든이고, 동네에서 탁구랑 바둑 두는 친구들과 왔는데 당신이 제일 빨리 오르신단다.

함자(銜字)를 여쭈니 '동래 정'이란다. 순간 "정여립 후손이시네요" 하고선 아차 했다. 기축옥사 때 동래 정씨는 멸문지화를 당하고, 정여립에 관한 일체의 기록이 역사에서 삭제됐다. 이후 동래 정씨 족보에서도 정여립은 사라졌다. 다행히 돌아온 대답은 "아니 난 유명한 사람들 몰라, 내가 큰일이나 했으면 그런 사람들 이름도 알겠지만 잘 몰라"였다.

고동색 나비 몇 마리가 산행길을 좇아 오른다. 끊임없이 계속되는 돌계단 길로 다리에 피로감이 올 때쯤 해발 600m에 자리 잡은 남매탑에 도착했다. 탑은 불멸의 부처님이 머물고 계신 집이다. 보살 두 분이 남매탑을 돌며 부처님께 치성을 드린다.

남매탑은 12세기경 세워졌는데, 특이하게 백제계 양식의 5층탑과 고려계 양식 7층탑이다. 천년이라는 시간을 버텨낸 탑은 보는 이의 마음을 편안히 감싸준다. 탑 앞 너른 터는 옛날 청량사가 넉넉히 들어앉았을 만한 넓이다. 이제는 등산객들의 쉼터다. 삼사십 명은 앉을 수 있는 나무 식탁도 놓여 있다.

남매탑 아래쪽에 들어선 상원암 너른 마당도 따사로운 햇살을 받아 넉넉해 보인다. 대웅전 바로 앞 작은 텃밭을 일구는 스님의 파란 머리가 유난스레 반짝인다. 남매탑에서 삼불봉까지는 가파른 돌계단 길로 500여m다.

삼불봉(775m)은 멀리서 보면 마치 세 분의 부처님 형상이라서 붙여

햇살 잘 드는 남매탑은 산객들의 식사터다. 백제계 양식 오층탑과 고려계 양식 칠층탑이 나란히 서있다.

진 이름이다. 삼불봉에서 관음봉으로 이어지는 곳이 계룡산 산행의 백미로 꼽히는 자연 성릉길이다. 성릉 등줄기를 밟고 걷는 1.7km 길은 탐방로 안내 지도에도 어려움으로 표시되어 있다. 등줄기 사이사이 바위틈에 뿌리를 박고 용틀임하며 소나무가 자란다. 나이를 가늠할 수 없는 소나무들은 헉헉대며 걷는 산객들을 조용히 굽어본다.

자연 성릉은 100여m 높이의 화강암 절벽이다. 화강암 속에는 철분과 광물질이 있어서 지자기(地磁氣)가 강력하게 흐르고, 지자기를 받으면서 기도드리면 기도발도 잘 받는단다. 계룡산으로 수많은 무속인이 모이는 이

번뇌로 가득한 어두운 세계를 부처님의 지혜로 밝게 비춘다는 오색연등.

유 가운데 하나다.

관음봉으로 오르는 나무계단 길은 끝이 보이지 않는다. 일단 바라보면 기가 질린다. 150여m의 계단 길은 한걸음 한걸음이 고역이다. 쉬엄쉬엄 오르며 두어 번 돌아보면 상상하지 못한 풍광에 놀란다. 내가 걸어온 멋진 길이 펼쳐진다. 앞만 보고 걸으며 놓친 풍광이다.

5각 정자가 있는 관음봉 정상에 선다. 능선은 남으로 쌀개봉을 지나 계룡산 정상인 천황봉(846.4m)으로 이어진다. 천황봉은 군 시설물이 들어서 있어 출입이 금지되어 766m인 관음봉이 본의 아니게 정상 역할을 한다.

천황봉 남쪽으로는 정씨 왕조의 도읍이 들어선다던 신도안 터가 넉넉히 펼쳐진다. 과연 정여립은 역모를 꿈꾼 정 도령이었을까? 시대를 앞선 혁명가였을까? 같이 더불어 사는 세상을 꿈꿨던 정여립을 단재(丹齋) 신채호

(申采浩)는 '동양 최초의 공화주의자'라고 규정하기도 했다.

관음봉에서 내려서는 돌투성이 길을 더듬더듬 내려선다. 멀리 신선들이 숨어서 놀았다는 은선폭포 물줄기가 보인다. 딱 한 오라기가 흐르고 있다.

산길을 빠져나오니 비구니 사찰 동학사다. 대웅전 마당에는 부처님 오신 날을 맞이하려는 오색 연등이 가득하다. 번뇌로 가득한 어두운 세계를 부처님의 지혜로 밝게 비춘다는 연등. 428년 전 기축옥사에서 억울한 죽음을 맞은 영혼들도, 또 이 순간의 수많은 번뇌도 저 오색 연등 빛으로 모두 사라졌으면 좋겠다.

동학사 1코스 | 4.4km, 2시간 30분

동학사 주차장–동학사–은선폭포–관음봉

계룡산 정상인 천황봉은 군 시설 지구여서 통제된다. 제2의 정상 역할을 하는 관음봉까지 다녀오는 코스. 급경사 지역의 돌계단이 연속되므로 중급자 정도 체력을 요한다.

동학사 원점 회귀 1코스 | 8.3km, 5시간30분

계룡산 탐방 안내소–관음암–남매탑–삼불봉–관음봉–동학사–계룡산 탐방 안내소

계룡산을 찾는 등산객들이 가장 많이 이용하는 코스. 계룡산의 백미인 남매탑과 자연 성릉길, 관음봉을 모두 볼 수 있다.

동학사 원점 회귀 2코스 | 9.5km, 6시간

천장 탐방지원센터–문골 삼거리–큰배재–남매탑–삼불봉–관음봉–동학사

상가 단지에서 출발한다. 동학사 앞 매표소를 거치지 않아 입장료가 없다. 남매탑까지 거리는 조금 멀지만 다른 코스에 비해 등산로가 완만하다.

동학사 갑사 코스 | 6.6km, 4시간

계룡산 탐방안내소–관음암–남매탑–금잔디고개–천진보탑–갑사

사찰과 사찰을 연결하는 코스. 남매탑까지만 힘을 쏟으면 갑사로 가는 길은 비교적 편안하다. 교통편이 수월치 않아 단체 관광객들이 많이 이용한다.

통영과 한산도 일대의 풍경 자연미를 나는 문필로 묘사할 능력이 없다. (…)
통영포구와 한산도 일폭의 천연미는 다시 있을 수 없는 것이라 단언할 뿐이다. -정지용, 1950년.

한산대첩의 현장 | 통영 **미륵산** | 彌勒山·458m

통영과 한산도 일대의 풍경 자연미를 나는 문필로 묘사할 능력이 없다. (…) 우리가 미륵도 미륵산 상봉에 올라 한려수도 일대를 부감할 때 특별히 통영포구와 한산도 일폭의 천연미는 다시 있을 수 없는 것이라 단언할 뿐이다.…

정지용(鄭芝溶) 시인이 1950년 5월 미륵산 정상에 올라 쓴 글이다. 시인이 글로 표현할 능력이 없다고 한탄한 미륵산 풍광을 보러 오른다. 2008년 완공된 미륵산 케이블카를 타면 정상까지 10여 분이면 도착하지만, 높지 않은 미륵산은 걸어 올라야 제 맛이 난다. 바쁜 일상의 리듬에서 벗어났을 때 세상도 새롭게 볼 수 있다.

통영시 봉평동 용화사 앞 광장으로 들어섰다. 널찍한 광장 뒤로 미륵산 정상이 올려다 보인다. 오른쪽 관음사 쪽의 널찍한 시멘트 길이 등산로 초입이다. 주택가에서 100여m 올라왔을 뿐인데 숲이 뿜는 향기는 짙어지고, 아름드리 소나무가 여기저기 자리 잡고 있다. 대나무 군락들이 쏴아-쏴 소리를 내는 등산로 왼편으로 나무 데크 길이 보인다.

잠시 따라 들어가 보니 뜻밖에 만나는 산중 호수다. 500여 평 호수에 청록빛 물이 가득 담겨 있다. 빼곡한 활엽수 잎들은 짙은 그림자를 물속에

500여 평 호수에 청록빛 물이 가득 담긴 산중호수.
데크길이 놓이지 않았으면 산새들이나 찾아들 정도로 숲은 고요하고 깊다.

담아놓고 어디선가 날아와 앉은 보랏빛 꽃잎들이 고요히 떠 있다. 데크 길이 놓이지 않았으면 산새들이나 찾아들 정도로 숲은 고요하고 깊다.

호수를 빠져나와 10여 분 오르니 청아한 목탁 소리가 들린다. 관음암의 법당 안에는 스님의 염불 소리에 맞춰 가족인 듯 보이는 일행이 제를 올리고 있다. 한 사람의 영혼을 극락으로 보내려는 간절한 기도인 듯하다. 합장 한 번 올려 마음을 보태고 돌아선다. 대웅전 앞에서 자라는 야자나무 세 그루는 내가 남쪽으로 내려왔음을 일깨워준다.

가파른 시멘트 길을 200여m 더 오르니 도솔암 직전에 왼편 숲 사이로 본격 등산로가 보인다.

이순신 장군이 21척의 왜선을 침몰시킨 당포해전 현장.

자연석으로 편안히 쌓은 계단 길을 오르니 야자매트를 깔아놓은 순탄한 길이 이어진다. 뒤따라오는 아주머니 세 분이 경상도 바닷가 특유의 억센 억양으로 대화하니 웬만한 사람 7~8명이 떠드는 것 같다. 먼저 보내드리고 호젓함을 즐기니 꿩꿩 거리며 우는 꿩 소리와 뾰로롱 거리는 새소리도 들린다.

해발 300여m임에도 짙은 숲은 마치 큰 산에 든 듯하다. 미륵산 정상까지 0.8km 남았다는 표지판을 지나니 노란 염주괴불주머니 군락이 마중을 나온다. 밭둑, 논둑에서 친근하게 만나는 괴불주머니의 사촌이다. 몇 걸음 옮기니 불면 날아갈 듯한 하얀 개별꽃 군락이다.

야생화 군락을 지나니 거대한 바위 사이에 놓인 돌계단 길이 무협영화의 한 장면처럼 나타났다. 영화에서는 늘 이런 계단길을 지나면 싸워야 할

상대가 기다리고 있지만 오늘은 하얀 꽃길이 기다린다. 은은한 아카시아 향을 피우고 있는 때죽나무가 떨군 꽃잎을 밟으며 전망바위에 올라섰다.

미륵산 남쪽으로 뻗어 내리는 산줄기는 통영시 금평마을을 감싸 안았고, 마을이 끝나는 곳이 당포항이다. 이순신(李舜臣) 장군이 1592년 6월 2일 21척의 왜선을 격침시킨 당포해전 승리의 현장이다. 왜군보다 열세인 전력으로 연전연승을 거두고 있던 이순신 함대는 늘 외롭고 고된 싸움의 연속이었다.

당포전투를 추스를 시간도 없이 불과 사흘 뒤 고성의 당항포해전에도 단독 출격을 준비하고 있었다. 이때 전라우수영 함대가 합류하기 위해 오는 것을 보았을 때의 모습을 기록한 이순신의 장계(狀啓) 구절은 지금 읽어도 눈물겹다.

> 막 배가 출발하려 할 때 본도 우수사 이억기(李億祺)가 전선 25척을 거느리고 신(臣)이 머물고 있는 곳으로 와서 모이니 여러 전선 장수들이 우리가 외롭고 세력이 약한 것을 항상 근심하고 연속되는 전투에 바야흐로 곤고해진 무렵이라서 우리와 합류하려고 온 함대를 보고 춤추고 뛰지 않는 이가 없었습니다.
>
> 「당포파왜병장(唐浦波倭兵狀)」

10여 분 오르니 아름드리 소나무와 참나무들이 어우러져 시원한 그늘을 만든 곳에 운치 있는 쉼터가 있다. 자연석 돌 탁자 몇 개, 돌 의자들과 나무판자 두어 개 걸쳐 놓았다. 이끼 가득한 바위를 옆으로 하여 100여m

논밭 한 평 없이 바다를 터전으로 삶을 일궈 온 통영사람들.

오르니 사방이 트이기 시작한다. 한려수도의 화려한 풍광에 눈길을 어디서 멈춰야 할지 모르겠다. 당포 앞의 곤리도 소장군도에서 오비도, 멀리 사량도까지 한려수도가 한눈에 들어온다.

정상에 서니 통영항을 중심으로 건물들이 빽빽하게 들어선 통영 시내 모습이 마치 수상도시처럼 보인다. 손바닥만한 논밭 한 평 안 보인다. 모두가 바다를 터전으로 삶을 일궈온 통영 사람들이다. 서쪽으로 눈을 돌리니 미륵산에서 한달음 거리에 한산대첩 현장이 보인다. 임진란 당시 승승장구하던 일본 육군의 발목을 잡은 것은 이순신의 수군이었다.

연이은 일본 수군의 패전에 도요토미 히데요시(豊臣秀吉)는 결단을 내렸다. 일본 수군을 총집결시켜 조선 수군을 궤멸시키라는 명을 내렸다. 당시 조선 수군의 세력은 이순신 전라좌도 23척, 이억기 전라우도 24척,

미륵도 중앙에 우뚝 솟은 미륵산. 빼어난 한려해상 조망으로 산림청 선정 100대 명산에 들었다.

원균(元均) 경상우도 7척으로 총 54척이었다. 미륵산으로 피란을 간 목동(牧童) 김천손(金千孫)이 당포에 있던 이순신 진영으로 긴급한 정보를 알려왔다.

견내량(거제대교 아래)에 70여 척의 왜선이 정박 중이라는 정보였다. 그곳에 정박해 있던 일본 수군은 와키자카 야스하루(脇坂安治)가 지휘하는 함대였다. 그는 한 달 전 경기도 용인에서 일본 육군 1,600여 명을 이끌고 조선군 5만여 명을 대파하여 기세가 대단했다.

와키자카 수군이 정박하고 있는 견내량은 조선 수군이 작전을 전개하기에는 협소한 지역이라고 판단한 이순신은 적 선단을 넓은 바다로 유인하여 섬멸할 계획을 수립하였다. 이순신이 운용한 전술은 학익진(鶴翼陣)이었다. 조선군 5~6척의 판옥선(板屋船)이 견내량 북쪽 덕호리 포구에 주둔한 일본 전선을 공격했다.

자신감이 가득한 와키자카 함대는 전속력으로 조선 판옥선을 뒤쫓았다. 일본 함선 73척이 모두 한산 앞바다에 들어섰다. 그제야 미륵도와 한산도에 매복해 있던 조선 함대가 움직였다. 거대한 학 한 마리가 한산 앞바다의 일본 함대를 에워쌌다. 양 날개 끝에는 거북선이 배치되어 있었다. 학익진은 적 선단을 원으로 에워싸 대포로 공격하면 탄착점이 중앙으로 모여 명중률을 높일 수 있다는 점을 고려한 전법이었다. 단 한나절 만에 73척 중 59척을 침몰시켰다. 425년 전 바로 눈앞 바다에서 벌어진 전투의 모습이 생생히 그려진다.

461m라고 새겨진 미륵산 정상석 앞에는 기념사진 찍는 사람들이 10m는 넘게 늘어서 있다. 관광객들은 케이블카가 바로 정상 아래까지 데려다주면 정상석을 배경으로 사진 한 컷씩 찍고 내려간다. 바로 아래 즉석사진이란 팻말과 기념사진을 늘어놓은 사진사에게는 아무도 눈길을 주지 않는다. 이재규(75) 씨는 22세부터 53년째 관광지에서 기념사진을 찍어왔다. 미륵산 온 지는 11년째지만 휴대폰에 밀려나 공치는 날이 많고, 하루 2~3만 원 용돈벌이 하는 날도 있다.

용화사로 하산길을 잡아 내려서다 보니 봉수대 자리다. 목동 김천손이 견내량의 적들을 발견한 곳, 그의 신속한 알림으로 조선 수군은 왜선을 유인 공격할 작전을 펼 수 있었다. 한편으로 이순신 장군이 연승을 했던 가장 큰 요인 중 하나는 부하 한 사람 한 사람에 대한 애정과 관심이었다. 이순신의 보고서 「임진장초(壬辰狀草)」에는 전투 때마다 전사자와 부상자들 이름이 하나하나 다 적혀 있다.

방답 1호선의 격군인 토병 강돌매, 수군 정귀연·김수억, 그곳 2호선의 격군인 정병 채협, 수군 양세복·하정, 사부인 신선 김열, 그곳 거북선의 군인 수군 김윤방·서우동… 등은 철환에 맞았으나, 중상에 이르지는 않았습니다.

부하들을 아끼는 마음은 백의종군에서 풀려 명량해전에 임하던 『난중일기』에도 나타난다. "지금의 군사들은 한산도에서 함께 싸우던 군사들이라 든든하다." 단 12척의 배로 133척의 적과 전투를 앞둔 장군의 마음이다. 한려수도 풍광에 취하고 이순신 장군에 대한 상념까지 한없는 생각에 빠져들게 만드는 미륵산 정상이다.

관음암 코스 | 2.4km, 1시간 30분

용화사 광장–관음암–도솔암–미륵치–미륵산 정상

용화사 앞 광장 오른쪽 시멘트 길에서 시작된다. 중간 조망바위에서 당포해전의 현장인 당포항이 손에 잡힐 듯 가까이 보인다.

용화사 코스 | 2.1km, 1시간 20분

용화사 광장–용화사–띠밭등–미륵산 정상

용화사 앞 광장 왼쪽 시멘트 길로 오른다. 고찰 용화사를 기점으로 삼는다. 띠밭등까지는 잘 꾸며진 산책로며 띠밭등에서 정상까지 1.1km는 급경사 지역이다.

케이블카 이용

국내에서 제일 긴 1,975m의 8인승 케이블카를 타고 10여 분 만에 해발 385m의 상부 역사에 도착한다. 15분을 걸으면 미륵산 정상에 이른다. 중간에 당포해전 조망대, 봉수대가 있다.
왕복 11,000원.

북한산은 서울의 진산이며, 수도권 1천만 시민의 힐링 공간이다.
숙종 임금은 한양이 위급할 때 이곳에서 싸우려 11.6km의 산성을 쌓았다.

왕(王)의 길 | 서울·고양 **북한산** | 北漢山·836m

왕의 길이라 칭한다. 숙종 임금이, 영조가, 또 정조가 그 길을 걸었다. 그 왕들이 걸었던 북한산 왕의 길을 따라 걷는다. 숙종은 열세 살(1674년) 어린 나이에 왕위에 올랐다. 그는 선왕들이 전란 속에서 겪은 쓰라린 고초를 늘 가슴에 담았다. 선조 임금이 의주까지 도망갔던 임진왜란, 인조가 남한산성에서 나와 청 태종에게 항복하며 무릎을 꿇어야 했던 병자호란까지 힘없는 조선이 겪는 고초가 늘 마음에 걸렸다.

그는 한양이 위급할 때 임시 피란하여 항거할 곳으로 북한산성을 쌓는 것이 염원이었다. 문제는 청나라였다. 병자호란 항복 당시 조선에 성곽을 수축하지 않겠다는 조약이 있었다. 마침 1700년대 초 청국에서 해적들을 소탕하며 도망친 해적들이 조선까지 갈 수 있으니 연근해 수비에 힘쓰라는 명을 내렸다. 이 명을 기회 삼아 숙종은 단 6개월 만에 11.6km에 달하는 북한산성을 쌓아 올렸다. 즉위 38년 만에 숙원을 이루었다.

1712년 4월 10일, 숙종 임금은 북한산성을 돌아보기 위해 구파발을 돌아 산성마을 아래로 들어섰다. 왕세자인 19세의 연잉군(훗날의 영조)도 그 뒤를 따랐다. 숙종은 대서문을 통과하며 시 한 수를 남겼다.

서문 들어 사위를 한 번 둘러보니

서문만으로는 약하니 중성을 쌓으라는 숙종의 명으로 지은 중성문. 2층 누각은 산행객들이 쉬어갈 수 있다.

기상과 마음 웅장해져 근심 없어지네
도성 가까이 견고한 금성탕지 있으니
백성 어찌 버리겠나 한양 꼭 지키리라

북한산성 탐방안내소를 지나면 길은 바로 두 갈래로 나뉜다. 평소에 걷던 계곡길을 버리고 사찰 차량들이 가끔씩 오가는 산림도로를 따른다. 왕도 대서문으로 오르는 널찍한 이 길을 걸었다. 길옆에서 여름내 꽃피웠던 누리장나무 하얀 꽃이 누렇게 말라붙은 채 싸구려 화장품 냄새를 풍긴다. 숲속은 어느새 매미 소리 대신 가을 풀벌레 울음소리들로 바뀌고 있었다.

용암사로 오르는 갈림길 왼편 숲속에는 아무도 눈길을 주지 않는 3m쯤의 비가 세워져 있다. 1979년에 세워진 자연보호 헌장비다 '1. 자연을 사랑하고 환경을 보전하는 일은 국가나 공공단체를 비롯 모든 국민의 의무다.' 이렇게 헌장비는 7번까지 조목조목 적혀 있다. 40여 년 전, 나들이 나설 때면 너나없이 불판에 고기와 먹을거리를 바리바리 싸들고 다니던 시절 국민 의식을 바꾸기 위해 세운 자연보호 헌장비다.

10여 분을 더 오르니 길 한가운데 버티고 선 대서문이 보인다. 아치형으로 뚫린 출입구 위 좌우에 돌출한 두 개의 용머리가 눈길을 사로잡는다. 누각 위쪽의 빗물을 배출하는 배수구를 용의 형상으로 만들었다.

대서문은 6·25 전란으로 피해를 입었다. 전쟁 뒤 문화재의 복원을 지시한 이승만(李承晩) 대통령은 1958년 이곳 북한산성 대서문을 방문했다. 다시 복원된 문루를 둘러보고 친필 현판 글씨를 남겨 지금도 걸려있다. 대서문을 통과해 10여 분 걸으니 옛 산성마을 터다. 이곳은 조선시대 북한산 일대에서 가장 큰 장터였단다. 이 주변에 살던 이들이 약초며 산나물 혹은 땔감 따위를 이곳에 내다 팔았는데 벌이가 좋았다 한다.

등산 붐이 일어난 1980년대 이후는 산성마을이 식당촌으로 바뀌며 주말이면 바비큐 냄새가 진동했다. 국립공원 보존사업의 일환으로 2009년 55가구 모두 탐방안내소 밖으로 이주시키고 북한동 역사관이 들어섰다. 역사관에는 1911년 한국을 방문하여 『고요한 아침의 나라』란 책을 펴낸 독일의 노르베르트 베버 신부가 찍은 북한산성 행궁 사진, 중흥문, 산영루 사진들이 걸려 있다.

중성문 옆에 숨겨진 시구문은 자연 암석을 뚫어 만들었다.
산성 안 시신은 이 문을 통해 산성 밖으로 옮겨졌다.

사진 속 북한산은 초가집도 보이고 민둥산처럼 헐벗은 모습이다. 역사관 바로 옆 계곡에는 350년이 넘은 것으로 추정하는 향나무가 자라고 있다. 숙종의 행차, 영조와 정조의 행차까지 한결같이 굽어봤을 향나무다.

계곡 왼편 길을 따라 중성문으로 향한다. 여름 큰 빗속에 몇 번은 물갈이를 했을 큰 소에 담긴 투명한 물이 눈부시다. 중성문은 숙종이 북한산성을 둘러보고 명하여 다시 쌓은 내성이다. 『조선왕조실록』에는 "임금이 서문 가장자리가 가장 낮으니 중성을 쌓지 않을 수 없다며 속히 의논하여 쌓도록 명하였다"라고 쓰여 있다.

중성문 2층 누각에 산행객 셋이 앉아 과일을 깎고 있다. 누각에서 내려다보니 빨강, 파랑, 연두 등 저마다 다른 색의 배낭을 메고 부지런히 오르

산영루 맞은편에 28기의 선정비(善政碑)가 서 있다. 어진 정치를 펼친 진정한 선정비가 몇 기나 될까?

는 산객들 모습에서 힘이 넘친다. 북한산이 서울의 진산이며 수도권 시민들의 힐링 터라는 말이 실감난다.

중성문 옆에 숨겨진 시구문은 자연 암석을 뚫어 만들었다. 북한산성 내에서 죽은 사람은 이 문을 통과해 산성 밖으로 옮겨졌다. 중성문에서 20여 분 오르니 최근(2014년)에 복원된 산영루가 나온다. 북한산성 내에서 가장 아름다운 경치를 뽐내어 조선시대 내내 수많은 시인 묵객들이 다녀갔다는 곳이다.

1799년 북한산 유람에 나선 조선시대 선비 유광천(柳匡天)은 산영루 계곡의 풍광에 온통 마음을 빼앗겨 이런 글(「유삼각산기(遊三角山記)」)을 남겼다.

맑은 여울이 돌아 흐르는 곳에 우뚝 선 붉은 누각은 바로 산영루였다. 아로새긴 난간이 시내에 잠겨 석양에 붉은 물결 일렁이고, 술에 이내가 자욱하여 푸른빛이 성긴 창으로 떨어진다.

맞은편 언덕에는 28기의 선정비(善政碑)가 서 있다. 이 가운데 진정한 선정비가 몇 기나 될까 싶다. 조선 말 황현(黃玹)이 지은 『매천야록(梅泉野錄)』에서 "정권을 훔쳐 농간을 부리며 임금을 속이고 백성을 못 살게 굴었다"라는 친일파 민영준(閔泳駿)의 선정비도 서 있고, "벼슬을 마치고 돌아온 날은 으레 저녁부터 꾸어 먹었고, 정해진 집이 없어 가는 곳마다 세 들어 살며 옮겨 다녔다"는 청렴결백한 관리 이규원(李奎遠)의 비도 나란히 서 있다.

행궁(行宮)으로 오르는 길은 좁아진다. 수년 전까지 줄 서서 물병을 채우던 용학사 약수터는 수년 전부터 '식수 부적합' 판정을 받았다. 10여 년 전만해도 빈 물병 하나만 들고 다니던 북한산도 이젠 식수로 마실 수 있는 곳이 몇 군데 남지 않았다. 20여 분을 더 올라 행궁 발굴지에 들어섰다. 숙종은 이곳에서 감회를 밝힌다.

행궁에 이르니 시단봉이 바로 동쪽이네. 동장대에 이르니 무수한 봉우리 깎아지른 듯 구름에 접했네. 외적과 비도(非徒)가 감히 다가올 수 없고, 원숭이라도 기어오를 수 있을까.

임시 왕궁인 행궁은 산성이 완공된 이듬해 1712년 5월에 완공되었다. 1만 3,223㎡(4,000평) 안팎의 경사진 대지를 3단으로 조성한 이후, 도합

4천여 평 공간에 124칸에 이르는 행궁이 있던 곳이다.

124칸에 이르는 임시 왕궁이 들어선 것이다. 이곳이 북한산성의 핵심이다.

맞은편 시단봉을 바라보면 동장대가 보인다. 오늘의 행궁 터는 발굴 조사를 위해 파랗고 거친 천막들로 온통 제 몸을 가린 어수선한 발굴지일 뿐이다. 숙종은 완공을 앞둔 행궁을 둘러본 뒤 맞은편 동장대에 올랐다. 장수들이 부하들을 지휘하던 2층 누각 동장대에선 북한산 연봉이 한눈에 들어온다.

숙종의 어가 행렬은 막 조성된 성곽을 따라 대동문을 지나 수유리로 내려갔다. 숙종 임금과 북한산에 올랐던 영조는 딱 60년 후 다시 동장대(시단봉)에 올랐다. 1772년(영조 48년) 4월 10일 『조선왕조실록』에는 "임금이 북한산성 행궁에 나아가 시단봉(柴丹峰)에 올랐다가, 날이 저물어 환궁하였다"고 적혀 있다.

19세에 아버지 숙종을 따라 올랐던 영조는 어느덧 79세가 되었다. 영조의 곁에는 20세의 왕세손(정조)이 있었다. 20세 정조의 모습은 딱 60년 전 영조의 모습이었다. 정조도 동장대에 우뚝 서서 가슴 벅찬 감회를 시로 남겼다.(『홍재전서(弘齋全書)』「춘저록」)

산성 호종길에 내 말은 돌아가고,

구불구불 좁은 비탈 가파르기도 해라.

(…)

오늘 느린 걸음에 잔일도 많았는데,

어느새 앞 숲에는 석양이 쌓이네.

왕들이 올랐던 대동문 앞 너른 터는 오늘도 산객들의 쉼터로, 식사터로 시끌벅적하다. 이제는 문화유산이 된 북한산성이 후손들에게 스스로 나라를 지킬 능력을 갖춰야 한다며 옛 이야기를 들려주고 있다.

숙종의 길 코스 | 5km, 3시간

북한산성 탐방지원센터–대서문–중성문–행궁지–대남문

경기문화재단 북한산성 문화사업팀(031-968-5329)에서 연 6회 해설 프로그램을 곁들여 오르는 길이다. 대서문을 거쳐 행궁지까지는 숙종이 걸었던 길을 따라 걷고 대남문으로 오른다.

백운대 정상 코스 | 3.3km, 1시간 40분

우이분소–도선사 앞 광장–하루재–백운대 대피소–위문–백운대

북한산 정상을 오르는 가장 빠른 코스이나 도선사 광장부터 경사가 심하다. 위문에서 백운대로 오르는 바윗길은 철 난간이 설치돼 있으나 경사가 급해 체력 소모가 많으니 천천히 오르도록 한다.

북한산 종주 코스 | 9.7km, 5시간

우이분소–백운산장–위문–용암문–대동문–대남문–구기분소

전체 거리는 길지만 능선을 따라 걷는 길이 많아 크게 어렵지는 않다. 중급 정도의 체력이면 가능하다.

평생 땅만 보고 살아온 백성들이 세상을 바꾸겠다고 일어섰다.
동학농민혁명의 불을 지핀 도솔암 마애불이다.

농민들 마음이 붉은 꽃무릇처럼 타오르다 | 고창 선운산 | 禪雲山·335m

백만 송이, 천만 송이, 아니 억만 꽃송이가 도솔천을 덮었다. 선운산 도솔암 오르는 길은 불처럼 타오르고 있었다. 한 그루에서 한 송이씩 피어오른 붉은 꽃무릇이 이렇게 산자락을 태우리라고는 상상할 수 없었다. 선운산은 나지막하지만 당당히 도립공원으로, 또 한국의 100대 명산 중 하나로 꼽힌다.

아기자기한 산세가 일품이다. 봄이면 동백이, 가을이면 단풍으로 선운산을 뒤덮는다. 선운산 풍광에 마음을 빼앗기면서도 꼭 들러야 할 곳은 도솔암 마애불이다. 선운산의 화려한 풍광들이 우리 몸과 마음을 풍성하게 만든다면, 도솔암 마애불은 정신을 맑게 해준다. 평생 지게 지고 땅만 보고 살아온 농민들이 세상을 바꾸겠다고 일어선 동학농민혁명, 그 힘의 원동력이 되어준 도솔암 마애불이다.

도솔암까지는 매표소에서 3.5km쯤 올라야 한다. 도솔천은 넉넉한 수량으로 느릿느릿 흐른다. 9월이면 주변이 새빨간 꽃무릇들로 덮이고, 탐방객들은 벌린 입을 다물지 못한다. 군락에서 눈을 돌리면 도솔천 맑은 물에도 붉은 꽃이 투영되어 피어나고, 숲속 나무 등걸 사이사이에도 꽃들이 피어난다. 단 한 줄기 녹색대에 피어난 꽃은 하늘에서 선녀가 살포시 내려와 앉은 듯 기품이 있다.

예로부터 절 주변에 흔한 이유는 뿌리 쪽을 단청이나 탱화 염료에 섞으면 벌레나 좀이 스는 걸 방지했기에 스님들이 많이 심었단다. 도솔천 바위에 앉아 쉬는 사람들 모습이 초록 숲속 붉은 꽃무릇과 함께 투영돼 물속에 담겨 있다.

천상의 세계를 흐른다는 뜻의 도솔천 옆에 누군가 하나하나 공들여 세워놓은 돌탑들이 눈길을 끈다. 마치 서커스 곡예단을 보듯 좌우로 심하게 기울어져 쌓인 돌탑, 공깃돌 하나 던지면 와르르 무너질 듯 잔돌들로 아슬아슬 올라간 탑까지 다양한 모습이다. 정신분석학자인 칼 융도 습관처럼 돌들을 모아가지고 놀며 자기 성찰과 무념무상의 세상을 경험했다고 한다. 도솔천 돌탑도 누군가 무념무상으로 쌓은 듯싶다.

매표소에서 3km 정도 걸으면 나오는 진흥굴, 수십 명의 사진 동호인들이 모델 한 명을 굴 입구에 세워두고 사방에서 셔터를 눌러댄다. 그들 때문에 장터처럼 복작이는 진흥굴 구경을 포기하고 도솔암 마애불로 향했다.

마애불은 높이 15.6m, 폭 8.48m 크기로 책상다리를 하고 앉아 있다. 네모진 얼굴에 치켜 올라간 눈꼬리, 우뚝 솟은 코, 일자로 도드라진 입술까지, 자비로운 모습보다 투박한 이웃집 아저씨를 닮았다. 무릎 위에 나란히 놓은 두 손은 체구에 비해 유난히 큼직해서 떡두꺼비 모양이다. 배꼽보다는 가슴 한가운데 금장을 두른 구멍이 보인다.

동학혁명에 실제 참가했던 오지영(吳知泳)이 쓴 『동학사(東學史)』에 따르면, 석불의 배꼽 속에는 신비한 비결이 있다고 한다. 그런데 그 비결을 꺼내 보면 벼락살을 맞아 죽는다는 말이 전해 내려왔단다. 무장(고창)의 동

도솔사 주변에도 꽃무릇이 가득하다. 단청이나 탱화에 원료로 쓰여 절 주변에 많다.

백만 송이, 천만 송이, 아니 억만 꽃송이가 도솔천을 덮었다.

학접주 손화중(孫華仲)을 중심으로 한 손화중포(包)에서 그 비결 이야기가 다시 나오며 사람들은 벼락살 걱정을 했다.

그때 무장에서 온 오하영이 1820년에 전라감사 이서구(1754~1825)가 열다 벼락에 놀라 다시 넣었으니 이미 벼락살은 사라졌다면서 자신이 열겠다고 앞장섰다. 그들은 푸른 대나무 수백 개와 새끼 수십 줄을 엮어 사다리를 만들어 석불에 올랐다. 석불의 배꼽을 도끼로 부수고 그 속에서 비결을 꺼내 손화중이 보관 중이라는 소문이 퍼지자 정읍, 고창, 부안 일대 농민들 수만 명이 손화중포로 몰려들었다고 한다.

미륵불의 비결은 이씨왕조 500년이 망하고 새로운 세상이 열린다는 내용이었다. 오지영의 『동학사』가 어디까지 진실인지는 알 수 없다. 그러나 한 가지 분명한 것은 이 소문으로 손화중포로 수많은 사람이 몰렸다는 것은 당시의 많은 기록에서 찾아볼 수 있다. 농민들이 운명처럼 받아온 수탈과 억압의 굴레를 끊어주고 새로운 세상을 열어줄 거라는 비결을 믿고 그들은 동학으로 모여들었다.

마애불 오른쪽 돌계단으로 올라서면 마애불이 새겨진 바위 꼭대기를 지난다. 내원궁은 10여m 떨어진 다른 바위 절벽 끝에 들어서 있다. 내원궁은 미륵보살이 장차 부처가 되어 세상을 제도할 때를 기다리며 머물러 있는 곳이란다. 통일신라 때 지어졌으며 1511년(중종 6년)에 중창되었다.

절벽을 오르기 위해 쌓은 돌계단만 해도 엄청난 위험과 노력 속에 축조했음을 느낀다. 내원궁은 정면 3칸의 아담한 건물이다. 건물 앞에는 10여 명이 기도할 수 있는 대리석 바닥을 깔아놓았다. 젊은 부부 한 쌍이 관람객들의 기웃거림에도 흔들림 없이 불경을 읽으며 기도에 빠져있다.

마치 서커스 곡예단을 보듯 아슬아슬하게 기울어져 쌓인 돌탑.

건너편으로 절벽처럼 솟구친 천마봉(284m) 바위가 두세 개의 바위를 거느리고 버티고 있다. 300m대 산에서 볼 수 없는 웅장한 모습이다. 천마봉 뒤로 청룡산(314m)이 보이고, 능선은 남쪽으로 내달린다. 건너편 천마봉으로 오르려고 도솔계곡으로 다시 내려왔다. 10여분을 오르니 좌측으로 돌출 암벽이 나온다. 맞은편 도솔암에서 봤을 때 이곳에 사람들이 올라와 조망하고 있었다.

암벽으로 오를 길을 찾아보니 안전장치도 없고 제법 까다롭다. 그래도 이 바위에서 바라보는 풍광을 포기할 수 없어서 안간힘을 써서 조망바위에 올라섰다. 눈앞에 잡힐 듯이 마애불과 나무들 사이로 보일 듯 말 듯 절벽 위에 올라선 내원궁, 뒤로는 병풍처럼 펼쳐진 10여 개의 암괴(巖塊)가 보인다. 완벽한 조화다. 내세의 부처인 미륵이 머물만한 곳이다.

조망바위에서 내려와 계단 길을 쉬엄쉬엄 20여 분 오르니 천마봉과 낙조대를 잇는 주능선이다. 천마봉과 낙조봉은 늘 선운산의 주봉처럼 사람들이 모인다. 자리를 비집고 산 아래를 조망한다. 까만 기와가 반짝이는 도솔암과 양쪽 능선 사이로 흘러내리는 도솔계곡 곡선이 아름답다. 5분 거리인 낙조대도 산객들이 가득하다.

이 산의 동북쪽은 동학혁명의 발상지인 고부 들녘이다. 고부군수 조병갑(趙秉甲)은 온갖 명목으로 백성들을 수탈했다. 굶주린 농민들은 조병갑이 고부를 떠나는 것만이 희망이었다. 그러나 곡창지대 고부 들판을 놓칠 조병갑이 아니었다. 『승정원일기』에 따르면 조병갑은 1893년 11월 30일 익산군수로 전임되고 후임으로 이은용이 발령받았다. 그런데도 전라감사 김문현에게 유임을 요청한 채 고부를 떠나지 않고, 온갖 뇌물과 인맥을 동원해 기어이 고부군수로 재임용을 받았다.

농민들은 희망 한 점 없는 절망감에 싸였다. 이때 이평면에 살던 전봉준(全琫準)이 앞장을 서 농민들을 하나로 뭉치게 했다. 1894년 1월 9일 말목장터(현 정읍시 이평면 두지리)에 모여든 농민은 300여 명에 달했다. 농사일밖에 모르던 착하고 순박한 사람들의 손에 죽창이 들렸다. 땅 갈고 씨 뿌

손가락으로 튀겨도 바로 쓰러질 듯하다.

리는 자가 땅의 주인이 되는 세상, 사람이면 누구나 하늘처럼 떠받들리는 세상을 꿈꾸며 농민들이 일어났다. 민란 수습에 나선 고종 임금은 조병갑을 파면하고 선정을 베풀며 급한 불을 꺼나갈 수 있었다.

꺼져가던 민란의 불씨는 다시 선운산 남쪽 기슭 고창군 무장면 일대에서 일어났다. 동학혁명의 그 불씨를 엄청난 혁명으로 끌어올린 곳은 바로 도솔암 마애불 비기를 손에 넣은 손화중포였다. 전봉준과 함께 손을 잡고 동학의 오랜 꿈인 '하늘 아래 모두가 평등한 세상'을 이루려했지만, 일본군까지 힘을 합친 관군에 1년여 만에 패하고 말았다.

도솔계곡에 내려서니 다시 점점이 박힌 꽃무릇들이 시야에 들어온다. 꽃무릇은 현생의 고통에서 벗어나 열반의 세계에 드는 것 같다 하여 피안화(彼岸花)라고도 부른다. 현생의 고통을 벗어나 새 세상을 꿈꾸던 동학도의 마음들이 꽃으로 다시 태어난 걸까? 꽃무릇에 취하며 선운사 일주문으로 들어선다.

경내를 바라보며 차 한 잔을 마실 수 있는 너른 만세루에 오늘은 자리가 없다. 대웅전 뒤로 병풍처럼 펴져 있는 동백나무 숲으로 눈길이 간다. 수령 500년이 넘은 나무들이다. 3월이면 숲속에 알알이 박힐 동백들 모습을 그리며 서정주(徐廷柱) 시인의 발길을 따라 탁주 한 잔을 그리며 부지런히 사하촌으로 발길을 옮겼다.

선운사 고랑으로
선운사 동백꽃을 보러 갔더니
동백꽃은 아직 일러 피지 않았고
막걸릿집 여자의 육자백이 가락에
작년 것만 오히려 남았습디다
그것도 목이 쉬어 남았습디다
- 서정주 「선운사 동구」

도솔암 산책 코스 | 7.5km, 3시간

매표소–도솔암–내원궁–도솔암–매표소

도솔천을 따라 도솔암 마애불까지 다녀오는 길은 편안한 산책길이다. 마애불 뒤에 있는 내원궁에 오르는 계단이 조금 가파르지만 7~8분이면 오를 수 있다. 내원궁에서 바라보는 천마봉 일대의 조망이 좋다.

낙조대 코스 | 9.3km, 4시간

매표소–도솔암–낙조대–용문굴–도솔암–매표소

도솔암 마애불까지 다녀오는 산책 코스로는 아쉬울 때 짧은 산행을 곁들일 수 있는 코스다. 선운산의 핵심인 천마봉, 낙조대, 용문굴을 볼 수 있다. 천마봉까지 오르는 20여 분의 계단 길만 오르면 능선길과 하산길은 수월하다. 용문굴 쪽으로 올라 천마봉 계단 길로 하산해도 좋다.

선운산(도솔산) 정상 코스 | 10.3km, 5시간

매표소–마이재–도솔산–참당암–소리재–낙조대–도솔암–매표소

산행객들이 가장 선호하는 원점 회귀 코스다. 300m대 봉우리로 능선이 이어져서 산행이 수월하며 조망이 좋다. 하산 시에는 여유롭게 도솔천 계곡을 따라 걷는 맛도 일품이다.